LE PHILINTE

DE MOLIÈRE,

ou

LA SUITE

DU MISANTHROPE.

COMÉDIE

EN CINQ ACTES ET EN VERS.

Thea p. Vf.

(6)

L.

P

Cᴴ

LE PHILINTE DE MOLIÈRE,

O U

LA SUITE DU MISANTHROPE,

COMÉDIE

EN CINQ ACTES ET EN VERS,

PAR P. F. N. FABRE-D'EGLANTINE.

Repréfentée au Théâtre FRANÇOIS,
le 22 Février 1790.

. . . . . *Miferis fuccurrere difco.*
VIRG. Æneid. L. 1.

A PARIS,

CHEZ PRAULT, IMPRIMEUR DU ROI,
quai des Auguftins, à l'Immortalité.

1791.

Prix 3 0 ſols.

PRÉFACE.

Nec vos decipiant blandæ mendacia linguæ. Ovid, ép. 2.

LA FRANCE, cette belle partie du globe, cette belle surface de trente mille lieues, l'amour du ciel, le chef-d'œuvre des élémens, la protectrice de l'humanité, le triomphe de la civilisation, étoit dégradée désolée, dévorée par un petit nombre d'êtres malfaisans, revêtus de la figure humaine. De l'une à l'autre extrémité de cette vaste région, la nature éperdue, la tête courbée sous un joug de plomb, les yeux épuisés de larmes, les mamelles desséchées, les bras chargés de fers, le bâillon à la bouche, la nature erroit sans asyle, précédée de la crainte et de la terreur, ridiculisée par la dépravation, trahie par la lâcheté, méprisée par la sottise, trafiquée par l'avarice, persécutée enfin par l'orgueil, par la cruauté, par le mensonge et par tous les vices ensemble.

En France, il n'existoit ni foi, ni loi; avec de l'intrigue et de l'impudence, on arrivoit aux honneurs, tout salis par mille turpitudes; avec de la fierté dans l'ame, on étoit sûr d'essuyer les dédains, les rebuts, les mépris et la persécution des méchans heureux. La probité étoit le chemin de la ruine, la

friponnerie celui de la fortune. L'agriculteur, dénué
de pain, rampoit couvert d'opprobre; le commerce
ne présentoit qu'un champ de brigandage et de mauvaise foi. Dans les tribunaux, les jugemens se ven-
doient à front découvert et au plus offrant; l'iniquité, l'oppression avoient un tarif connu. Avec de l'or,
ou un nom, vous frappiez le foible à volonté, vous
perdiez l'innocent tout à votre aise; la chicane, cette
lèpre impolitique, corrodoit la nation; un million
de vampires achetoient le droit de succer le sang des
Français. La pourpre, l'hermine et les rubans deve-
noient le prix de celui qui comptoit le plus de victimes sur ses rôles. Les arts, avilis sous le patronage
des tyrans, des fripons et des sots, n'avoient que le
choix de la misère ou de l'infamie. Le grand n'étoit
qu'un oppresseur sans pitié; le petit, qu'un opprimé
sans courage; les héros prétendus, que des fourbes
adroits, ou des pervers insolens; le soldat, qu'un esclave dépouillé de toutes ses facultés humaines. La
noblesse étoit devenue un charlatanisme; le génie,
un ridicule; l'énergie, un crime; le mot de liberté,
un blasphême; la pitié, hypocrisie; l'égoïsme, doctrine publique; la pudeur, grimace; la vertu, rien,
et l'argent, tout.

Eh bien! c'est du jour marqué par la nature des
choses, comme le dernier période de ce bouleverse-
ment, comme le *maximum* du mal; c'est du centre
de cette dépravation, c'est une année avant la révolution, qu'un HOMME s'élève pour nous assurer

. . . . que nos maux se réduisent à rien !
Et qu'il a grand sujet de dire: TOUT EST BIEN !

Hé ! juste Dieu, pour combler la mesure du mal,
il falloit donc qu'il s'en trouvât un panégyriste ! Il
falloit aux heureux du siècle un encouragement à se
pardonner leur dépravation, leur égoïsme et leur tyrannie !

Je l'avouerai, jamais je n'ai pu, sans indignation,
entendre l'Optimiste de M. *Collin*. Je n'ai point eu de
repos que le théatre n'ait été armé d'une morale spécialement contraire aux principes de cet ouvrage.
C'est pour les retorquer et en diminuer l'influence,
autant qu'il étoit en moi, que j'ai composé LE PHI-
LINTE DE MOLIÈRE, OU LA SUITE DU MISAN-
TROPE.

Il ne s'agit pas ici précisément de M. *Collin* : laissons l'art et l'artiste de côté; il s'agit du fonds de son
ouvrage et de sa doctrine détestable. Certes, il n'y a
point à se vanter de son talent, quand il devient la
dernière pierre jettée à l'humanité, quand il n'enfante que des sophismes destructeurs de la pitié ;
quand il fait une blessure mortelle à la patrie : et tel
est le venin répandu dans *l'Optimiste* de M. *Collin*.
J'aime à conjecturer que cette pièce lui fut, sinon
commandée, du moins conseillée. Je n'ose croire
qu'un homme qui dit à tout propos, avoir été malheureux, et l'être encore, puisse, par de subtiles
combinaisons, avoir inventé la flagornerie la plus raf-

a 2

finée et la plus insidieuse dont jamais homme de lettres ait été capable.

Je ne sais ce que c'est que les ménagemens, quand
il est question de l'instruction publique.

Boileau, Art
poét. ch. 4.

> Je ne puis estimer ces dangereux auteurs,
> Qui de l'honneur, en vers, infamés déserteurs,
> Trahissant la vertu sur un papier coupable,
> AUX YEUX DE LEURS LECTEURS RENDENT LE VICE AIMABLE.

J'attaque M. Collin comme le ministère public atta-
queroit le vendeur de Mithridate sur ses trétaux; c'est
mon devoir de citoyen que de servir la vérité, et c'est
encore mon plaisir. Ce que je reproche à M. *Collin*, je
m'engage à le prouver, et mes preuves seront invin-
cibles.

Si l'esprit de la Comédie de M. Collin est de flatter la cour, les grands, les riches, les heureux du
grand monde, et d'invétérer leur perversité en leur
présentant le mal comme nul, en cherchant à leur
persuader que leur cupidité, leur tyrannie et leurs
malversations ont tout laissé dans le meilleur ordre
de choses; qu'ils ont beau se gorger de la substance
du pauvre, que le pauvre n'en est pas moins l'être le
plus heureux; qu'en vain se sont-ils livrés et se li-
vreront-ils à toutes sortes de méchancetés et d'abo-
minations, que d'abord ces méfaits n'étant pas sup-
posables, il reste encore que le système qui nie le mal
et pose que tout est bien, doit les rassurer et les lais-
ser dans une sécurité et une apathie parfaites sur tout

se qui se passe : on conviendra que cette Comédie renferme une morale affreuse et un mensonge bien dangereux.

Si l'esprit de la Comédie de M. Collin est encore de porter les opprimés et les malheureux à une lâche complaisance, à une paresse servile, à une insouciance d'esclave ; d'éteindre dans les ames cette énergie salutaire, la terreur des fripons et des oppresseurs, et le seul recours des opprimés ; de professer l'égoïsme, en invitant à ne regarder qu'autour de soi, et à se moquer du reste ; de nier la gravité des maux qui affligent le pauvre plus que le riche, et tout cela, en épuisant les arguties les plus misérables, pour bercer les gens du monde dans leur insensibilité. On conviendra que la Comédie de M. Collin est une école anti-sociale, où le fort apprend à tout oser et le foible à tout souffrir.

Eh bien ! tel est l'esprit de cette Comédie, et quiconque l'a lue ou entendue, doit déja trouver la concordance établie entre ces intentions et les maximes de l'ouvrage.

Car, je vous prie, quelle est l'opinion que professe et que veut inspirer M. Collin, lorsqu'en nous présentant son *Optimiste*, son PLINVILLE comme un modèle à suivre pour être *content de tout*, et par sa conséquence, *toujours heureux* : il ne nous offre qu'un ami déclaré des préférences, qu'un zélateur des distinctions de l'orgueil, qu'un véritable ennemi du genre-humain, puisqu'il en regarde en pitié les quinze vingtièmes, malgré la bonhomie qu'il affecte et le ton doucereux dont il se pare ? Je ne me laisse pas prendre aux puériles affeteries ; les larmes et le ton piteux ne font rien aux choses, quand les choses sont pernicieuses. C'est à faire aux enfans à trouver bon le miel qui déguise le poison.

PLINVILLE.

Optimiste, acte 1, scene 10.

> Quand j'y songe, je suis bien heureux, je suis homme, Européen, Français, Tourangeau, GENTILHOMME! Je pouvois naître Turc, Limousin, PAYSAN.

Dans la gradation de ses avantages, voilà donc le héros de M. Collin, qui compte sa qualité de *gentilhomme* comme le plus haut période de sa félicité. Jugez du plaisir de la noblesse à ouïr ce beau principe! C'est d'après ce principe que notre France est farcie de Secrétaires du Roi, de Trésoriers de France, et de tant de milliers de *vilains savonnés*, qui une fois devenus *gentilshommes*, se sont trouvés contens de tout, parce que, selon l'expression de Rousseau, *ils ne se sont alors plus souciés de personne.*

Lettre sur les Spectacles.

> Je pouvois naître Turc, Limousin, PAYSAN.

Voilà d'un seul trait, les *paysans*, c'est-à-dire, près des trois quarts des habitans du globe, regardés avec une compassion insultante par M. Collin, condamnés à être malheureux, jugés tels par M. Collin; car PLINVILLE *pouvoit naître paysan*, et alors la conséquence est claire, il n'eût pas été heureux. Pour l'être, il falloit qu'il fût GENTILHOMME. Ainsi ce n'est pas dès *paysans* qu'il s'embarrasse ; il ne l'est pas, le voilà *content*.

Ah ! M. Collin, vous saviez bien à qui vous aviez à montrer votre Comédie. A quoi vous sert cet amour des champs dont vous nous rimez tant les délices? Et puis fiez-vous aux tendres pastorales des Poètes *suivant la Cour*.

Quant à la gentilhomanie du héros de M. Collin, ne vous figurez pas que la rime lui ait imposé ce principe extravagant ; car un peu plus loin, lorsqu'il veut égayer les chagrins de son ami, dans l'énumération des avantages que cet ami possède, il ne manque pas de lui dire :

Optimiste, acte 1, scène 11.

Vous avez, *comme moi*, NAISSANCE, bien, santé.

Il est donc clair que dans la théorie de bonheur de M. Collin, il faut de la *naissance*. Il n'y a donc de bonheur que pour les gens qui ont de la *naissance*? M. Collin n'a donc voulu apprendre à être *contens de tout* qu'aux gens qui ont de la *naissance*? La nation française lui rend mille graces.

Si vous doutiez encore, lecteur, de la religion de M. Collin et de ses principes sur la noblesse, donnez-vous la peine d'observer comme il y revient toujours et quelle est sa précaution à caresser les nobles, en flattant leurs prétentions, par sa recherche scrupuleuse des convenances patriciennes.

Madame *de Roselle*, nièce de l'Optimiste *Plinville*, veut seconder l'amour secret de la fille de ce *Plinville*

a 4

pour un aventurier nommé *Belfort*. Elle connoît fort bien les principes de la maison de son oncle ; elle cherche à pénétrer cet amant, pour en apprendre la seule chose qu'elle ait à savoir ; et la seule, qu'elle fait bien sentir être absolument et uniquement nécessaire pour le mariage qu'elle médite. Or quelle est cette chose !

MADAME DE ROSELLE, *à Belfort*.

Optimiste,
acte 2, scène 2.

Vous allez admirer ma pénétration.
Vous êtes, je le vois, né de *condition*.

Et un peu plus bas, avec de nouvelles instances, comme pour ne pas s'embarquer plus avant dans le traité, sans ce préliminaire :

Parlons à cœur ouvert, vous êtes *Gentilhomme !*

L'embarras de Madame *de Roselle* est justement celui de M. *Jourdain*.

CLÉONTE, *à M. Jourdain*.

Molière,
Bourg.-gentilhomme,
acte 3, scène 12.

Monsieur... l'honneur d'être votre gendre, est une faveur glorieuse que je vous prie de m'accorder.

M. JOURDAIN.

Avant de vous rendre réponse, Monsieur, je vous prie de me dire si vous êtes gentilhomme.

CLÉONTE.

Je suis né de parens, sans doute, qui ont tenu des charges honorables ; je me suis acquis dans les armes l'honneur de six ans de service, et je me trouve assez bien pour tenir dans le monde un rang assez passable : mais avec tout cela..... je ne suis pas gentilhomme.

M. JOURDAIN.

Touchez là, Monsieur, ma fille n'est pas pour vous.

CLÉONTE.

Comment !

M. JOURDAIN.

Vous n'êtes point gentilhomme, vous n'aurez pas ma fille.

A la grande satisfaction des petites loges et du public, qui aime fort à voir réussir les amours des jeunes gens, l'aventurier Belfort, plus heureux que Cléonte, avoue qu'il est gentilhomme. Madame *de Roselle* n'étoit pas femme à prendre le change.

Vous allez admirer ma pénétration ;
Vous êtes, *je le vois*, né de *condition*.

Le joli badinage ! c'est-à-dire, les gentilshommes ne sauroient se déguiser. La nature leur a imprimé un certain caractère, qui les fait reconnoître tout de suite ; ils sont d'une matière privilégiée. Observez que ce Belfort est doux, timide, sensible, modeste, humble même et savant ; ce qui n'empêche pas Madame *de Roselle* de deviner la caste de ce noble amant : d'où il résulte que les gentilshommes ont sur le front leur étiquette native. L'aimable philosophie !
Mais peut-être est-ce esprit de corps de la part de

M. Collin ? peut-être est-il gentilhomme lui-même ! non pas que je sache. Appréciez donc maintenant les adulateurs, et ne vous étonnez pas de l'empire qu'acqueroient, en dormant, les gens qui avoient de la naissance. O ! que le grand homme disoit bien :

Molière,
Misantrope,
acte 2.

C'est ainsi qu'aux flatteurs on doit par-tout se prendre
Des vices où l'on voit les humains se répandre.

La noblesse est-elle donc un vice ? non : mais bien l'orgueil. Que sera-ce de l'inspirer, de le flatter, de le servir ?

La noblesse héréditaire n'est pas la seule chose qu'exige M. Collin pour être *content de tout* ; il veut encore la richesse : avec ces deux moyens, il vous montre combien il vous sera facile de trouver que tout est pour le mieux dans ce monde. Sa proposition n'est pas douteuse.

PLINVILLE.

Optimiste,
acte 1, scène 8.

On est vraiment heureux d'être né dans l'aisance.
Je suis émerveillé de cette providence,
Qui fit naître le riche auprès de l'indigent.

Le sage, l'observateur et le malheureux avoient toujours pensé que le crime seul, sous l'aspect multiplié de la cupidité, de la tyrannie et de l'injustice, avoit fait naître le riche auprès de l'indigent. M. Collin rassure les riches, et les invite à se tranquilliser sur la disproportion, qui pourroit les frapper quelquefois en dépit de leurs passions, en leur apprenant que ce n'est que par l'effet de la Providence qu'ils sont riches, c'est-à-dire, de droit divin et par la grâce de Dieu. En fait de politique, a-t-on jamais écrit de niaiserie plus fausse? en fait d'humanité, de maxime plus barbare?

Et en quel autre voisinage pense donc M. Collin que pourroit naître le riche, si la Providence ne s'en mêloit pas, si ce n'est auprès de l'indigent? Connoît-il un peuple sur la terre, chez lesquels il soit des indigens sans riches, et des riches sans indigens, liés nécessairement à côté les uns des autres par une conséquence inévitable de la chose même? De quoi s'émerveille-t-il! mais le vrai de l'admiration de M. Collin, c'est que plus une disproportion est inique, plus on sent de plaisir à trouver une ombre de droit qui la fonde, et sur ce point, les riches ne sont pas difficiles. Croyez que l'article poétique de M. Collin leur a paru extrait de la loi naturelle; et voilà comme on raisonne, quand on veut être trouvé charmant par un noble, et sensible par un riche.

On sera peut-être étonné que M. Collin puisse soutenir que tout est bien en traçant le nom de riche, et sur-tout celui d'indigent! il vous répond sans façon:

L'un a besoin de bras, l'autre a besoin d'argent.
Ainsi tout est si bien arrangé dans la vie,
Que la moitié du monde est par l'autre servie.

Optimiste, acte I, scène 8.

Il ne pouvoit pas mieux, ce me semble, vous dire sa façon de penser sur le système de nos fortunés, dont les maximes sont, qu'il est de droit que les gens-comme-il-faut soient maîtres de tout et dans l'abondance; et que c'est à ce qu'ils appellent *la canaille* à travailler si elle veut vivre. On prétend même que sous le règne du feu Roi, il fut prouvé au Conseil, lors de la persécution contre les mendians, qu'il seroit dangereux que le peuple fût à son aise, et l'on poussa le calcul jusqu'à déterminer que cinq sols par jour devoient suffire à chaque MANANT. C'étoit dire, le reste est à nous: prenons, et l'on a tout pris. Cette manière de tenir le peuple en esclavage est profonde et sur-tout heureuse, comme les nobles et les riches doivent s'en appercevoir. Mais quelques mois avant la révolution, il étoit bien doux pour les deux ordres riches, qui se croyoient bien plus de la moitié du monde, de dire au tiers-état:

Ainsi tout est si bien arrangé dans la vie,
Que la moitié du monde est par l'autre servie.

On voit que la providence de M. Collin est d'une invention admirable pour ceux qui ont eu l'habileté de se passer d'elle.

Après s'être extasié sur les propositions qu'il avance, l'auteur de l'Optimiste n'a garde d'oublier d'en faire l'application. On peut étudier, dans l'ouvrage même, la dextérité qu'il emploie à rendre cette application le moins choquante, pour en faire prospérer plus imperceptiblement l'*inde mali labes*, et en désigner les conséquences, vers lesquelles il marche à pas de loup. Voyez d'abord comme il multiplie les sophismes pour jetter toute la faveur de l'opinion sur les classes constituées en puissance et en richesse, afin d'en induire que les opprimés ont tout à fait tort de se plaindre.

PICARD, *laquais de Plinville, à son maître.*

Pourquoi ne suis-je pas de la moitié qu'on sert ?

Optimiste, acte 1, scène 9.

PLINVILLE.

Parce que tu n'es pas de la moitié qui paie.

Qu'est-ce à dire, M. Collin? quoi! le peuple toujours opprimé, toujours dévoré, et dans les campagnes, où comme *Tantale* entouré des fruits de la terre et des bienfaits du ciel, il languit et périt de faim et de misère; et dans les atteliers, où des milliers de néophites en noblesse et de voleurs surdorés trafiquent et brocantent sa sueur, ses veilles, son intelligence et son génie; et dans les armées, où des fripons à plume et à glaive ont combiné les cent mille manières de rogner sa chétive solde; et dans les antichambres, où Princes maltotiers et publicains de cour, viennent rapiner les fruits de son esclavage et le produit net de son ame dépravée et vendue. Quoi! ce peuple n'est pas de la moitié qui paie? êtes-vous insensé, ou le plus dangereux des sophistes? Et dites-

xiv **P R É F A C E.**

moi? cette innombrable liste d'impôts indiscrets qui
écrasent le malheureux et n'enrichissent que l'opulent, sans l'assouvir; et ces aides, qui rendent la bou-
teille de vin du pauvre plus chère du pair au pair
que la cave entière d'un Fermier général; et ce chemin incrusté par l'indigence et foulé par la molesse;
et cette pourpre, ces lames d'or, ces tissus de soie,
ces glaces lubriques, fabriqués par des cadavres, et
ramassés, entassés en jouissance par nos sibarites; et
ces armées, ces chaînes vivantes et réciproques, hé-
bétées par les agens ministériels; et ces légions de valets dont la loterie et l'agiotage abusent l'espérance
pour escroquer leur salaire; quoi! ces choses, et tant
d'autres de la même espèce, ne vous ont pas appris,
M. Collin, que la moitié qui sert est précisément la
seule moitié qui paie! Le brigand qui, après m'avoir
dépouillé, battu, meurtri et lié les bras au coin du
bois, me contraindroit à porter son bagage et à
charger sa carabine pour un morceau de pain qu'il
me donneroit, est précisément l'image de votre moitié servie. Voilà la vérité, M. Collin. Respectez l'infortune, alors vous ne direz plus:

P L I N V I L L E.

Optimiste, ... Il n'est autour de moi
acte 1, scè- Pas un seul pauvre.
ne 10.

Assertion cruelle! que je démens formellement. Je
vous défie, en parcourant la France en tout sens, d'en-

jamber cent pas géométriques d'une possession à l'autre, sans trouver, non pas *un seul pauvre*, mais une multitude de pauvres, et toujours en proportion accrue du nombre de riches et de la somme de leurs richesses. Telle étoit la jonglerie des Ministres de Louis XV. Ils faisoient recruter et solder des misérables endimanchés, pour venir jouer des scènes de prospérité sur le passage de ce Prince. O! que le Monarque avoit bonne grace à dire : « *Il n'est autour de moi pas un seul pauvre.* »

Au bout de ces tristes argumens, qui ne sont bons qu'à désespérer l'infortuné dont on cache les misères, et qu'à étouffer la pitié des gens heureux, à qui on met un bandeau sur les yeux, si quelqu'homme du peuple, navré d'une longue souffrance, s'obstinoit à s'élever contre le système de l'Optimiste, et lassé de son esclavage, s'avisoit de dire :

> Voilà ce qui me fâche,
> Je remplis dans le monde une pénible tâche ;
> Et depuis cinquante ans. . . . .

Optimiste, act 1, sc. 9.

M. Collin, qui ne veut pas qu'on se plaigne, et qui, semblable au médecin Sganarelle, prétend que *lorsqu'il a bien bu et bien mangé, tout le monde soit saoul dans la maison*, répondroit :

Molière, Médec. malgré lui, acte 1, scène 1.

> Tu devrois, en ce cas,
> Être fait au service.

Optim. acte 1, scène 9.

Réponse aussi ridicule que barbare, et cependant la

même que j'entends faire tous les jours du grand
au petit et du fort au foible, depuis vingt ans que
j'observe les hommes. Et à cette réponse niaise, on
rit : ascendant terrible de l'intérêt personnel et de la
paresse humaine à secourir son semblable! influence
puissante, quoiqu'imperceptible, d'une représentation théatrale! on rit! ah! si chaque spectateur scru-
toit le fond de son âme, il sentiroit que son rire,
en ce moment, n'est autre chose que le charme cruel,
qu'éprouve l'égoïsme à secouer tout ce qui le dérange
ou le fatigue. De ce rire universel on se fait une approbation du parti que l'on trouve le plus facile et le
moins coûteux à prendre; et dans cette situation,
gracieusement impitoyable, où s'agencent aisément
les âmes foibles ou corrompues, on répond facile-
ment au pauvre : « *Tu es fait à la misère;* » au prison-
nier qui l'est depuis longtems, « *tu dois être habitué à
ta captivité, tu souffres moins;* » au villageois plaidant en vain depuis dix ans pour son patrimoine en-
vahi, « *tu dois avoir appris à t'en passer, et avoir
cherché d'autres ressources;* » au malade traînant ses
longues douleurs faute de secours, « *oh! le mal d'habitude fait moins souffrir, et finit par se passer* »
J'en atteste tous ceux qui ont besoin d'autrui, quelle
réponse est plus commune? la voilà établie en précepte.

A ce mot de malade qui vient de tomber sous ma
plume, j'observe que M. Collin semble s'être appli-
qué à affoiblir toutes les sensations fortes qui, j'en
conviens,

conviens, sont désagréables pour les délicats du grand monde; mais dont la nature se sert pour émouvoir la pitié. Je parle de ces tableaux frappans et douloureux que la vertu rappelle quelquefois à la mémoire de ceux qui l'abandonnent, pour en obtenir quelqu'accès de résipiscence en faveur de l'humanité. S'il est une souvenance impérieuse, une émotion irrésistible qui puissent attendrir une âme émoussée par les jouissances du monde et endurcie de plaisir, c'est sans doute le tableau des misères et des douleurs de l'infortuné, que les maladies ont jetté dans un coin de sa chaumière, ou de son grenier, ou d'un hôpital. Eh bien! M. Collin, toujours prêt à jetter des roses sur le pli de l'édredon des riches, vient atténuer l'idée déchirante, salutaire et coercitive par sa déplaisance même, que les riches pourroient concevoir de la situation d'un malade. Il dérange et rétablit exprès la santé de son héros, pour lui faire avancer cet étrange raisonnement :

PLINVILLE.

Tiens, vois-tu, chère Rose?
D'honneur, je n'ai pas, moi, senti la moindre chose.
J'étois dans un profond et morne accablement,
Mais qui ne me faisoit souffrir aucunement.
. . . . Notre machine est alors engourdie,
Et c'est un vrai sommeil que cette maladie,
Et ma foiblesse même est une volupté
Dont on n'a pas d'idée en parfaite santé.
La santé peut paroître à la longue un peu fade.

Optimiste,
acte 1. sc. 7.

b

Ne nous y trompons pas : ces paradoxes qui, par leur extravagance, prennent une tournure de plaisanterie, n'en sont que plus dangereux ; c'est le rafinement de la niaiserie ; c'est l'humanité persifflée : qui s'avisa jamais de plaisanter avec elle ? doit-on jouer, sur son compte, avec une race d'hommes durs, impitoyables et corrompus, qui, prompts à sourire du masque, ne demandent intérieurement qu'une excuse apparente pour braver le respect humain, et qu'un motif léger pour rasseoir, de plus belle, leur apathique indifférence !

Souvenons-nous que dans les tems de corruption, mille vérités éloquentes et fortes, sur les malheurs de l'humanité, ont de la peine à nous faire avancer d'un pas vers la pitié, et qu'une seule illusion sur la prospérité publique nous rejette rapidement vers l'Égoïsme.

Plus on avance dans l'examen de la Comédie de l'Optimiste, plus on s'apperçoit que l'Auteur y remplit les fonctions des agens de toute robe et des satellites de toute armé, qui, circonvenant les puissans et les riches, mettent leur soin à écarter de leur palais, de leur vue et de leur oreille les misérables et leurs plaintes, et à faire entendre, à faire croire par la bouche de leurs charlatans et la plume de leurs valets, que la vertu seule et l'amour de l'ordre guident les gens en place. Le meilleur moyen de faire sa cour aux grands qui ne suivent que leurs caprices et leurs passions, et qui vivent d'iniquités, c'est d'établir des maximes dont l'esprit soit de présenter leurs méfaits comme incroyables et leur méchanceté comme impossible. De là vient qu'on ne plaît jamais mieux aux méchans, aux fripons et aux oppresseurs qu'en disposant l'esprit du peuple à ne jamais supposer le mal avant qu'il n'arrive; et quand il est arrivé, à se consoler de ce qu'on a souffert, par ce qu'on n'est plus à même de souffrir, et de ce qu'on a perdu par ce qui reste.

Mais la grange est détruite. . . .

OPTIMISTE, acte 3, scène 1.

PLINVILLE.

Il est vrai, mais aussi J'ai sauvé l'écurie. . . . . . .

Ce système de crédulité, présenté sous le nom de confiance; de lâcheté, sous le nom de bonhommie; d'insouciance, sous le nom d'amour de la paix; et de bêtise sous le nom de bonté; ce système, dis-je, est fort accommodant pour les puissans qui vont grand train en fait d'arbitraire et de rapine, pour les brigands qui aiment fort qu'on se laisse voler, et non pas qu'on se plaigne.

PLINVILLE.

Veux-tu que je te dise, Je crois fort, et toujours ce fut là ma devise, Que les hommes sont tous, oui tous, honnêtes, bons, On dit qu'il est beaucoup de méchans, de fripons, Je n'en crois rien; je veux qu'il s'en trouve peut-être Un ou deux; mais ils sont aisés à reconnoître.

Optimiste, acte 2, scène 4.

Et puis, j'aime bien mieux, je le dis sans détours,
Être une fois trompé que de craindre toujours.

Figurez-vous la joie interne de nos dévorateurs à
écouter ces hardis mensonges et à les voir applaudir
par leurs dupes. Comme ils espèrent, non pas d'être
crus honnêtes gens, avantage que non seulement ils ne
recherchent guère, mais qu'il ne leur vient pas même
en pensée de desirer, mais de trouver leurs victimes
plus faciles et leurs coudées plus franches !

Remarquez ce trait :

. . . . Mais ils sont aisés à reconnoître,

Précisément parce qu'il n'est point du tout aisé de
reconnoître, ou du moins de convaincre les méchans
et les fripons de la haute volée ; précisément parce
que ces satrapes rusés ne se compromettent jamais ;
précisément parce qu'ils ont cent masques pour un,
et qu'à les juger sur leur formulaire, on diroit d'eux
précisément ce qu'en dit M. Collin.

Que dites-vous de ce parti à prendre ?

. . . . J'aime mieux . . . .
Être une fois trompé, que de craindre toujours.

Belle sentence ! profonde maxime ! comme si on
ne pouvoit être trompé, volé, opprimé qu'une fois !
ô que ceci est bien dans le sens des fripons ! Ils ne
vous écorchent pas tout d'un coup ; ils commencent
par vous tâter avec précaution, et quand ils vous ont
trouvé de l'avis de M. Collin, ils n'y cherchent plus
ni ménagement, ni finesse. Il n'y a que le premier pas
qui coûte ; il falloit bien les aider à le franchir. Con-

duisez-vous d'après la maxime susdite, et vous verrez. Ce n'est point là le proverbe du sage, et je dis, bien populairement, avec lui : « *Qui se fait brebis, le loup* » *le mange.* » Franchement, je ne suis pas le seul qui le dise; et s'il faut tout avouer, j'ajouterai cet autre adage: « *Tout ce qui bêle, n'est pas brebis.* » Mais il s'agissoit ici de plaire à ceux qui peuvent en tenir compte.

C'est de ce patelinage des méchans et des fripons et de leurs courtisans chatemites, que vient cette affectation de douceur et de sensibilité, dont les écrits modernes sont inondés et affadis. Cette puérile tartufferie a sur-tout gagné le théâtre; il n'est pas jusqu'aux Comédiens qui ne s'en délectent. Les gens du monde et la cour n'ont pas d'autre langage ; vous les prendriez pour de pauvres petits moutons. Bien souvent même les ordonnances et les proclamations des fonctionnaires publics sont édulcorées de ce miel fastidieux, c'est-à-dire, qu'on fait grand bruit de la sainteté et de la paternité de la loi, pour masquer l'iniquité de ceux qui en abusent. Les belles dames qui, en deux ou trois années, ont eu trente amans débauchés, trente profitables, et pas un de sensible, qui passent le jour à vendre leur crédit, et la nuit à friponner, sont merveilleusement éprises de cette afféterie de langage et de sentimens; elles sont toujours prêtes à se pâmer. Qu'un pauvre infortuné, bien candide, allât d'après ces grimaces, implorer leur âme compatissante; comme il seroit attrapé !

Que d'observations ont allumé ma haine contre ces
hypocrites de société! Un jour, je me trouvois avec
un de ces optimistes menteurs qui, indépendamment
des avantages qu'ils trouvent à afficher cette religion
bénévole, calculent que rien ne sert mieux à masquer
un naturel méchant et sournois, que de dire que tout
le monde est bon, tout le monde sensible, qu'ils sont
contens de tout, et qu'il n'existe ni méchans, ni fripons. Il avoit, je ne sais pourquoi, de la ténacité à
vouloir me prouver que tel étoit le fond de son âme.
Je ne croyois, ni le diseur, ni son dire; mon humeur
âpre, franche, jamais embarrassée et souvent embar-
rassante à l'aspect d'un tartuffe, de quelque genre
qu'il soit, le mettoit dans une dépense effroyable de
douceurs, d'admirations, de *sensibleries* et de phrases
vertueuses. Survient un espèce de courtier, qui lui
rend un effet de commerce, qu'on n'avoit pû passer.
En moins d'une minute et avec un dépit sanglant,
mon homme accuse trois personnes d'avoir causé ce
discrédit. Nous sortons. Au pied de l'escalier, son
ami intime, le plus cher de ses amis, nous rencontre, lui demande à dîner et monte pour l'attendre.
Mon homme remonte aussi; je le suis; il fait un tour
de chambre en disant trois ou quatre mots vagues, et
sans faire semblant de rien, voilà mon Optimiste qui,
en étouffant du poing le bruit de la serrure, tire sourd-
dement de son secrétaire la clef qu'il y avoit oubliée.
Il laisse alors son ami chez lui en toute sûreté, et re-
descend avec moi. Au premier coin, je quittai ce
modèle de confiance avec horreur, et ne lui ai plus

reparlé. Depuis lors j'ai frémi cent fois de m'être trouvé chez cet homme-là.

Je voudrois bien savoir si M. *Plinville* et adhérans soutiennent leurs procès sans plaider, prêtent leur argent sans tirer d'obligation, payent leurs dettes sans prendre quittance, et sortent de chez eux sans fermer les portes ?

S'il est donc sot d'ajouter foi à cette prétendue bonhommie tant prêchée et tant affectée aujourd'hui, à cette fausse confiance qui ne tend qu'à duper la vertu inexpérimentée, à cette hypocrisie d'espèce nouvelle; il est essentiel d'en démasquer les secta-teurs et les apôtres, instrumens dangereux de cette apparence d'ordre, sous laquelle se retranchent les pervers puissans, bouclier funeste et terrible, le dé-sespoir de l'homme droit ?

Je demande maintenant à quoi peut mener, en dernière analyse, l'insouciance qui fait la base du système de M. Collin, sinon à concentrer l'homme en lui-même, et à le séparer de l'humanité ? Quel est le caractère de cette sotte hilarité qui en résulte, si-non le dégagement d'une âme qui ne s'attache à per-sonne en feignant d'aimer tout le monde ? M. Collin ne s'en cache pas; il est même, sur ce résultat, d'une bonne foi surprenante.

MADAME DE ROSELLE, *en parlant de Plinville.*
(Mais j'aime bien mon oncle; il est si gai !

MADAME DE PLINVILLE.

Fort bien;

Optimiste,
acte 2, scè-
ne 7.

Mais cette gaîté-là pourtant n'est bonne à rien.

MADAME DE ROSELLE.

Elle est bonne pour lui, du moins.

Or rien ne manque, comme vous voyez, à l'intention de mettre à leur aise les heureux du siècle. Si l'Optimisme de M. Collin ne vaut rien pour l'humanité, *il est bon pour eux du moins*.

Il leur paroît sur-tout excellent, lorsqu'il affranchit leur probité et leur délicatesse de cette austérité qui en fait l'essence. Vous avez été souvent embarrassé, lecteur, de savoir comment les grands, les riches, les gens comme il faut, si graves dans leur décence, si délicats dans leur urbanité, si pointilleux sur les égards, pouvoient se pardonner les turpitudes dont on les accusoit et dont ils sont convaincus. Vous ne pouviez comprendre que des êtres aussi majestueux pussent partager des bons dans les fermes, des actions dans l'agiotage, avoir un intérêt dans les suifs, un bénéfice dans les clairs de lune, une pension sur le pain des galériens, un profit sur la paille des prisonniers, un revenant-bon sur le jeu de la belle! les voici tout excusés et dans la meilleure passe du monde d'être délicats à peu de frais.

PLINVILLE.

Et les cent mille écus qu'à Paris j'ai laissés!

MADAME DE PLINVILLE.

Vous avez mal choisi votre dépositaire.
Que ne les placiez-vous plutôt chez un Notaire!

Optimiste,
acte 3, sc. 3.

PLINVILEE.

Un Notaire, crois-moi, ne vaut pas un ami.
Dorval assurément ne s'est pas *endormi.*

Ce *Dorval* est un Financier, et M. de Plinville
prend ses amis à la Bourse.

Il devoit me placer *comme il faut* cette somme.

MADAME DE PLINVILLE.

. . . . Je sais qu'il joue.

PLINVILLE.

Un peu.

MADAME DE PLINVILLE.

Beaucoup; c'est un joueur.

PLINVILLE.

IL EST HEUREUX AU JEU.

D'après cette morale *spéculative*, rien ne vous empêche de placer vos fonds dans une banque de Pha-
raon, jeu aussi expéditif qu'amical, où les croupiers,
qui ne sont jamais *endormis*, qui placent *comme il faut*,
ne manquent jamais d'être *heureux.*

N'oubliez pas que tout ceci rentre parfaitement
dans les honnêtes ressources, dans les innocentes
habitudes et les nobles passe-temps des gens du
grand monde et de la cour.

Ainsi dégagés des entraves d'une délicatesse pusil-
lanime, vous sentez que les gens pour l'amour de
qui *l'Optimiste* est fait, s'accommoderont aisément

des préceptes et des exemples que leur fournit M. Collin sur la manière dont ils doivent s'intéresser aux peines d'autrui et aux souffrances de ceux qui les endurent pour leur rendre service.

C'est ici que je ne peux trop exprimer l'indignation qui m'a toujours saisi, à l'aspect de la dureté de Plinville. Les phrases et la sensibilité doucereuses dont M. Collin cherche à le velouter, dans tout le cours de sa pièce, n'ont fait qu'ajouter à l'horreur qui m'a toujours saisi, chaque fois que j'ai vu ce Plinville, si bon, si tendre, tenir à son ami Belfort le propos d'un guichetier. Belfort, pour éteindre l'incendie de la grange de Plinville, vient de se jeter dans le feu, à corps perdu et devant lui; il s'est brûlé la main, en ce moment empaquetée d'un appareil. Plinville, pour le remercier, et mieux encore, pour nous prouver qu'il est *content de tout*, c'est-à-dire, que rien ne le touche, lui dit sèchement:

Optim. acte
3, scène 6.   Ah! ces blessures-là ne sont pas dangereuses.

O juste Dieu! voilà donc la quintessence de la sensibilité qu'enfante le système de M. Collin! Combien cette apostrophe doit être méditée! quelle est affreuse! C'est mot pour mot celle de Louis XV : — Comte, on dit que vous avez été blessé à la bataille de Crevelt! — Oui, sire, voilà ma blessure, sur cette main. — Oh! ce n'est pas grand chose. — Sire, c'est trop. Réponse digne de la remarque et du sentiment qui la fit faire. Que répliqua le Roi? il rougit et se tut.

« *Pourquoi changer ? nous sommes si bien* » disoit
Beaujon. Dites à M. Collin :

Vous ne croyez donc pas qu'il soit des maux réels !

PLINVILLE.

TRÈS PEU.

Optim. acte
3, scène 9.

Quoi qu'on en ait, il faut nécessairement prendre
de l'humeur à cette réponse extravagante. Eh quoi,
M. Collin ! avez-vous peur que vos patrons ne cou-
rent trop tôt ou trop vite au secours de ceux qui souffrent si réellement ? Et vous même, vous, qui nous
apprenez par tant de moyens les maux dont vous
vous dites accablé, les agonies périodiques dans lesquelles vous tombez, quel est donc l'espèce de
dévouement que vous vous imposez, en démentant
vos propres souffrances pour complaire aux gens qui
veulent, à toute force, qu'il n'y ait point de malheureux, parce qu'ils ne veulent rencontrer ni obstacles,
ni déplaisirs, ni demandes, ni plaintes, ni reproches ?

Avançons cependant, et suivons les solutions dont
M. Collin se sert pour démentir les vérités qu'il s'ob-
jecte.

MORINVAL.

Ne comptez-vous pour rien l'avarice sordide,
L'ambition, l'envie et la haine perfide ?

PLINVILLE.

Oui, ces mots sont affreux ; mais les choses sont rares.
Au siècle où nous vivons, il est fort peu d'avares.

Optim. acte
3, scène 9.

Fort peu ? c'est-à-dire, qu'il y a pis que des avares.
Ce n'est pas à thésauriser qu'est le plus grand mal ;

c'est à se croire tout permis et à se permettre tout, pour envahir la substance du peuple, afin de la répandre soudain sur d'autres fripons, valets vicieux et scélérats complaisans; avec une prodigalité insensée, et sans frein ni choix; c'est à dessécher la surface du royaume pour engraisser les Séjan, les Narcisse, les catins, des mains desquels ces vols retombent sur des gens pires que les premiers, si toutefois la chose est possible.

Optim. acte
3, scène 9.

D'envieux, Dieu merci! je n'en connois pas un.

Voilà justement ce que les Théologiens appellent un péché contre le Saint-Esprit, et qui est irrémissible.

Idem.

La haine enfin n'est pas un vice très commun.

Oui, je conviens que cette haine franche, ouverte et déclarée qui part d'une âme forte, libre, ferme et austère, je conviens, dis-je, que cette haine est rare. J'ajoute que bien s'en faut qu'elle soit un vice, car

Voltaire.
Mahomet,
acte 2.

Le juste au méchant ne doit point pardonner.

Mais quelle est commune et détestable cette haine des fourbes, cette haine des hypocrites, toujours vicieuse et par la cause et par l'effet! O les perfides imposteurs que ces doucereux méchans dont la langue acérée vous calomnie en secret avec adresse, et affecte de vous louer, et de vous plaindre en public, avec plus d'adresse encore; dont la main est au grand jour toujours munie d'un baume empoisonnée à mettre sur la blessure que leur poignard vous a faite dans les ténèbres ! Cette haine n'est pas rare ; c'est celle des lâches, d'une méchanceté trop calculée pour se compromettre.

Sæpè sub immotis . . . .   Virgile.
Vipera delituit, cœlumque exterrita fugit.   Géorgiq. I.

PLINVILLE *continue.*

L'ambition peut-être est un peu plus commune ;   Optim. acte
Mais soit qu'elle ait pour but *les honneurs, la fortune,*   3, scène 9.
C'est un beau mouvement, qui n'est pas défendu ,
Souvent loin d'être un vice, elle est une vertu.

Pour peu que vous connoissiez les patrons à qui M. Collin distribue des encouragemens et en faveur desquels il professe cette morale, vous comprendrez sans peine que ce n'est pas de l'amour de la solide gloire dont il s'agit ici, non plus que la prévoyance domestique. On parle aux gens selon leurs mœurs ; c'est donc l'ambition proprement dite et la cupidité qu'il conseille aux grands et aux riches, et qu'il leur présente comme *un beau mouvement qui n'est pas défendu.* M. Collin est le premier à qui j'entends dire que l'ambition est une vertu. Quant à moi, j'ai beau consulter l'histoire de tous les peuples, de tous les âges, l'expérience, le cœur humain, la nature des choses, je ne connois pas de passion plus funeste à la société que l'ambition. Je ne comprends pas, je

ne soupçonne pas quel vrai bien peut en découler,
je ne connois pas d'erreur, de crime et de désastre
entre les hommes qui n'en dérive nécessairement. Je
regarde l'ambition comme l'unique pierre d'achope-
ment du bonheur des nations; l'ennemie implacable
de l'égalité ne peut être louée que par des esclaves.
Un volume ne suffiroit pas à cette matière, et certes,
je demeure ébahi d'entendre prêcher de pareils principes. Je sais de plus, et j'en gémis, qu'il n'est pas
encore défendu, en France, de posséder vingt et
trente millions de fortune, d'être seul maître d'une
région, tandis que les trois quarts des Français ne
possèdent rien. Je savois bien que les gens puissans
n'avoient pas besoin qu'on les poussât à tout envahir;
je savois encore que c'étoit leur faire plaisir que d'en-
censer leur gloutonnerie, mais, en vérité, je ne
m'attendois pas à voir prêcher à bon escient et sur
les toits l'accaparement de la puissance et des fortunes.
Cessons d'être surpris de l'impudente audace avec laquelle on couroit aux abus, et des moyens abomi-
nables employés pour les multiplier : de tels paradoxes
affligent. Je succombe à l'affluence des rapports douloureux que mon imagination embrasse dans ces maximes; mon zèle dégénère en abattement. Ah! la révolution étoit immanquable! Si la licence des mal-
versateurs ne pouvoit s'accroître, la déraison de leurs
panégyristes ne pouvoit empirer.

Cependant il faut combattre des maximes encore
plus pernicieuses, et vous montrer, lecteur, à quels

excès d'aveuglement et d'extravagance conduit le projet d'excuser et de justifier les méchans. M. Collin
va nous prouver qu'on ne peut complaire aux égoïs-
tes sans trahir la société, et aux vicieux sans boule-
verser la morale.

N'avez-vous pas pensé jusqu'ici que la société n'a
d'autre fondement que cette réciprocité d'intérêt fraternel, de secours et de garantie qui lie les humains,
de manière que les biens et les maux soient savourés
et supportés par tous avec le plus d'équilibre possible?
Eh bien! M. Collin est d'un avis absolument opposé.
Il veut que chacun ne songe qu'à soi; que si les malheurs et les fléaux frappent la nature humaine, c'est
tant pis pour celui qui en souffre. Le principal, selon
lui, c'est de s'en garantir. Aille la société comme elle
pourra, pourvu qu'il soit à l'abri; que les hommes
soient tourmentés, affamés, nuds, brûlés, engloutis,
tout cela n'est rien; peu lui importe,

> *Pourvu qu'il soit seigneur d'une lieue à la ronde,*
> *Et maître d'un château le plus joli du monde.*

Optim. acte
1, scène 10.

Ne vous sentez-vous pas accablé de cet affreux
système? et que sera-ce, que direz-vous lorsque vous
verrez ces atrocités finement déguisées sous un style
badin et emmiellée de toutes les grimaces d'une fausse
sensibilité, se débiter du ton le plus aisé, le plus leste,
le moins douteux, et comme les dogmes les plus po-
sitifs et les plus naturels?

Ne vous avisez pas d'aller déplorer devant M. Collin

la catastrophe de dix mille familles englouties par le
tremblement de terre de Lisbonne, parmi lesquelles
se sont peut-être trouvés votre mère, votre épouse,
votre fils. Gardez-vous de vous attrister au souvenir
du désastre de la Calabre, où il se peut fort bien que
partie de votre fortune ait péri avec vos correspon-
dans. Ce seroit bien pis, si parce que vous vous inté-
ressez aux sciences utiles, à ceux qui les cultivent,
à votre ami qui est de ce nombre, vous aviez la sottise d'être en peine de M. de la Peirouse et de son es-
cadre, et que vous en témoignassiez quelque chose à
M. Collin ! il ne manqueroit pas de vous dire avec
toute la sensibilité possible et avec non moins de
graces :

PLINVILLE.

Optim. acte
3, scène 9.

Vous parlez de volcan, de naufrage... eh ! mon cher,
Demeurez en Touraine, et n'allez pas sur mer.

Quand on s'y prend de cette manière, et qu'on est
parvenu à ce comble de philosophie, vous voyez qu'il
n'est pas difficile d'*être content de tout.*

Négocians utiles, marins intrépides, matelots in-
fatigables,

Horat. ép.
l. 1.

Per mare pauperiem fugiens, per saxa per ignes.

allez donc chercher à M. *de Plinville* la soie et le co-
ton dont je le vois vêtu, le riz dont il lubréfie son
estomach, le sagou dont il empâte sa poitrine desse-
chée;

chée; le quinquina avec lequel il vient de congédier
sa fièvre; la gomme élastique, matière admirable des
sondes qui tempèrent et guérissent ses douleurs de
vessie; la pomme de terre, ce précieux bienfait du
nouveau-monde, qui a déja vingt fois préservé de la
famine la plus belle partie de l'ancien; le café qu'il
vient de prendre et le sucre dont il l'a assaisonné;
l'indigo, le fernambouc, le campêche dont je vois
que ses vêtemens sont teints; les diamans que je vois
aux oreilles de madame son épouse et de mademoi-
selle sa fille : allez donc lui chercher tant et tant d'autres productions qu'il aime beaucoup, dont il se sert,
et dont les échanges continuels ont produit des mil-
liards d'aliquotes de bénéfice, qui l'ont peut-être
rendu seigneur de son château, vérité dont il ne se
doute pas; allez, vous recevrez les témoignages de
sa *sensible* reconnoissance.

O mes amis! je tâche de prendre ceci du côté puérile; je m'efforce de rire, mais je ne le peux pas.
L'indignation surmonte la pitié, l'humanité l'emporte
sur le mépris. Eh! ne voyez-vous pas que ce PLIN-
VILLE, cet homme dur, non par tempéramment et
avec grossiéreté, ce qui ne seroit rien, mais par calcul
et avec les graces de l'aménité, ce qui est incurable,
en va dire autant de tous ceux qui souffrent et péris-
sent des services rendus à la société! Ne voyez-vous
pas les froids heureux du siècle se tenir forts de ces
principes, et se pardonner leur impitoyable égoïsme?
Essayez donc de les implorer après vos infortunes.....

c

« Monsieur, je suis ruiné, l'on m'a fait banqueroute.
— Eh ! mon cher, gardez votre argent, ne faites pas
le commerce. — Je suis tombé du haut d'un toît, ma
cuisse est cassée. — Restez dans votre maison, ne
vous faites pas couvreur. — Cette nuit, en éteignant
le feu d'une maison, je me suis brûlé le bras. — Dor-
mez dans votre lit, pourquoi vous faire pompier !
Mon hôtel est enregistré à la Compagnie d'Assurance... » Oh ! l'horreur ! l'horreur ! ... voulez-
vous gager que nos patelins vont trouver que j'ai
tort, et qu'après m'avoir accusé de manquer de sensibilité, moi-même, ils me demanderont sur tout
ceci, qu'est-ce que cela me fait ?

P L I N V I L L E.

Optim. acte
3, scène 9.

On fait de méchans vers ! Eh ! ne les lisez pas.

Comme s'il suffisait de ne pas lire de *méchans vers*
pour que les *poètes méchans* ne fussent plus à même
de nuire à la société ; comme si des vers immoraux
ne pouvoient pas être assez bons pour être lus.

Optim. acte
3, scène 9.

Il en paroît beaucoup *que je vois* dans ce cas.

Et beaucoup de poètes qui prendraient une telle
parodie sur le pied de compliment, pour mieux prouver le sophisme de M. Collin, et la distinction que
j'y fais.

P L I N V I L L E *continue.*

Bien des gens, dites-vous, doivent ; sans contredit
Ils ont tort ; mais pourquoi leur a-t-on fait crédit !

Que répondre à ces gentillesses, à moins que je ne charge de ce soin M. Collin lui-même ?

M. **COLLIN**, *en parlant de lui.*

Je regrette sur-tout ma respectable hôtesse ,
Sa longue patience et sa délicatesse ;
Je n'oublîrai jamais sa constante amitié.
Je la payois fort mal, étant fort mal payé ,
Eh bien ! elle attendoit.

Mes Souve-
nirs , Piéce
de vers de M.
Collin, insé-
rée dans l'Al-
manach des
Muses. 1789.

Quand M. Collin n'auroit pas trouvé dans son fait la cause de la majeure partie des dettes, et le remède à l'impossibilité actuelle de les payer, il ne faudroit pas jetter des cris de surprise sur la condescendance de ses principes en matière d'engagement de débiteur à créancier. Il est fort leste sur cette partie de la foi publique. C'est avec beaucoup d'adresse qu'il établit son opinion à cet égard par la bouche de son Plinville, qu'il rend victime d'une banqueroute, bagatelle dont Plinville rit lui-même, pour provoquer la gaîté et sur-tout l'insouciance des spectateurs.

PLINVILLE, *en ouvrant la lettre qui renferme la nouvelle*
de la banqueroute.

Tous nos fonds de Paris sont perdus ;
Dorval au jeu perd deux cents mille écus.
C'est trois cents mille francs que ce jeu-là nous coûte ,
Car le PAUVRE Dorval manque et fait banqueroute.

Optim. acte
4, scène 4.

PICARD.

Banqueroute, Monsieur ! ah ! le maudit fripon.

PLINVILLE.

IL N'EST QUE MALHEUREUX.

Cette étrange conclusion s'accorde parfaitement avec le motif précédent *il est heureux au jeu*, et atteste sans équivoque le genre de délicatesse de Plinville et la sécurité de sa conscience et de sa pudeur à fonder la prospérité de sa maison sur le tapis verd.

On conçoit que les fripons opulens dont les grandes villes de France sont pleines, que les nobles *réducteurs* du Contrôle, gens très *malheureux* aussi à leur jeu favori, sont à l'abri de la censure, et sur-tout de la poursuite, au moyen de ces maximes et de cet exemple; et qu'à l'apparition de l'épouvantable *deficit*, c'étoit faire sa cour assez bien que de préparer ainsi l'opinion publique.

Ce n'est pas que Plinville ne fasse l'aveu du dommage que lui cause la perte de ces cents mille écus. Mais ce n'est pas lui précisément que cette perte accable, ce n'est pas de lui qu'il s'embarrase. Mon Dieu! il lui faut si peu de chose! Il lui reste encore, *Dieu merci*, trois cents mille livres de bien, et il tâchera de vivre comme il pourra avec cette bagatelle. Mais son âme paternelle et sensible ne peut que difficilement se faire à l'idée de voir sa fille, fille unique, condamée au célibat.

PLINVILLE.

Optim. acte
4, scène 5.

. . . Ma fille, à quel sort je te vois condamnée!

. . . .

Tu vas donc près de nous user tes plus beaux jours.

Le moyen qu'il entre dans la tête de Plinville, d'un

gentilhomme qui n'est pas *Limousin*, que sa fille peut épouser un homme de *naissance* et vivre en dame de qualité avec la seule perspective de cent mille écus de fortune. Car il faut être juste ; un seigneur, un homme qui n'est pas né *paysan* et qui veut vivre *content de tout*, ne peut, en conscience, se dépouiller d'une centaine de mille livres pour marier sa fille. Il ne lui resteroit que dix mille livres de rente. Impossible d'y penser. Aussi Plinville pleure-t-il beaucoup sur cette nécessité évidente qu'il avoue à sa fille. La pauvre petite, peu occupée d'intérêt, console ce bon seigneur, qui se trouve tout-à-coup enchanté de n'avoir payé que cent mille écus quelques larmes théatrales de sa consolatrice. Quel charme pour les pères gentilshommes, de voir avec quelles démonstrations de sensibilité on peut cependant conserver l'intégrité de son revenu ! Que l'affliction est douce alors !

> Il faut plaindre celui qui jamais ne s'afflige ,
> Il n'a pas le bonheur de se voir consolé.

Optim. acte 4, scène 5.

Et telle est la manière adroite et indirecte de montrer dans un beau jour et d'affermir dans leurs habitudes, les pères qui n'aiment pas plus à se dépouiller pour établir leurs enfans, qu'à se figurer qu'on peut les établir sans cette richesse excessive et ce faste qui maintenant plus que jamais sont devenus la base des mariages de gentilhomme. Tout cela est bien dans nos mœurs.

Vous avez donc vu que M. Collin n'aime pas qu'on

C 3

fasse crédit. Nous ne nous arrêterons pas à la profondeur de ses idées en matière d'économie politique, rendons-lui la justice de dire qu'il n'est pas de ces gens qui ne savent que supprimer les ressources de la société, sans rien mettre à la place. Il donne au contraire un moyen sûr de se passer d'emprunts. C'est de viser au solide. Son principe à cet égard est précis et immanquable : aussi c'est à qui s'en servira ; aussi produit-il au spectacle un effet surprenant, et l'on ne sait trop ce que l'on doit y déplorer le plus, ou du précepte qu'il renferme, ou de l'avide satisfaction de ceux qui l'écoutent. J. J. Rousseau a fort bien remarqué que l'un des inconvéniens du théâtre étoit, que pour avoir des succès faciles, les poètes se voyoient obligés de caresser les vices des spectateurs. M. Collin n'a rien négligé sur ce point ; mais il s'est surpassé dans un trait où il ne marchande pas la morale. Si les applaudissemens lui sont plus chers que l'amendement de son auditoire, il peut se vanter d'avoir fait un bon marché.

Lettres sur es Spectacl.

Un maréchal-de-camp, autre joueur de profession, se présente pour acheter la terre de *Plinville*, quand précisément celui-ci a besoin de la vendre, et le prix en est fondé sur deux cents mille écus que l'officier général vient de gagner au jeu, d'un seul coup, à un homme immanquablement ruiné par cette perte.

MADAME DE PLINVILLE, *étonnée.*

Quel est celui qui perd une somme si forte !

PLINVILLE.

Bon ! le connoissons-nous ? ainsi que nous importe !   ` Optim. acte
VOYONS CELUI QUI GAGNE, ET NON CELUI QUI PERD.   5, scène 12.

Effet remarquable de l'universalité de ce sentiment
inhumain et sordide ! la salle entière part d'un cri de
joie à ce vers caractéristique :

Voyons celui qui gagne, et non celui qui perd.

Vers de Juif ! maxime odieuse ! mais vérité triste,
sous tous les rapports ! oui, c'est toujours la faveur
que l'on courtise, le testateur que l'on vénère, le
puissant que l'on encense ; c'est la plus riche qu'on
épouse, le protégé que l'on vante, l'opulent que l'on
recherche, l'homme en place que l'on flatte, l'homme
heureux que l'on célèbre. Par-tout, chez un peuple
corrompu, chacun se dit :

Voyons celui qui gagne, et non celui qui perd.

Dat veniam corvis, vexat censura columbas.   Ovid. ép. 7.

Est-ce par un semblable motif, et par la même pro-
pension que M. Collin a renchéri sur l'inhumanité du
siècle ? Mais est-ce à l'homme de lettres, à l'instituteur
public à épouser, à sanctionner les erreurs qu'il doit
proscrire ? *Voyons celui qui gagne ?* Et pourquoi ? Pour
participer à son lucre ? *et non celui qui perd ?* car vous
auriez à le consoler ou à le secourir ? Ce sentiment est
désolant, il désespere l'infortuné, il enlaidit l'espérance, il dénature la société, la dissout, et la fait voir

avec horreur. O! qui que vous soyez, bon ou méchant, voudriez-vous d'une épouse, d'un ami dont la maxime seroit :

> Voyons celui qui gagne, et non celui qui perd!

Je ne dirai autre chose sur ce vers, sinon qu'il est la digne et la juste épigraphe de l'OPTIMISTE.

En effet, je viens de prouver que cette comédie ne tend qu'à affermir les grands et les riches dans leurs usurpations phisiques et morales, qu'à pallier leur cupidité, qu'à effacer l'odieux de leurs vexations, qu'à légitimer leur égoïsme. Par contrecoup, elle porte les opprimés à accepter la servitude, les dupes à l'insouciance, les victimes de l'arbitraire à la lâcheté et les malheureux au silence.

PLINVILLE.

Optimiste,
act. 3, sc. 9.

> Que gagnez-vous, de grace, à gémir de la sorte!
> Vos plaintes, après tout, ne sont qu'un mal de plus.
> Laissez donc là, mon cher, les regrets superflus.
> Reconnoissez du ciel la sagesse profonde,
> Et croyez que tout est pour le mieux dans le monde.

N'est-ce pas là ce que les ministres de la tirannie et les agens nombreux du despotisme ne cessaient de prêcher et de faire prêcher au peuple? Et voilà le conseil qu'il fallait suivre après qu'on vous avait dépouillé, molesté, emprisonné, torturé, si vous ne vouliez recommencer sur nouveaux frais cette série de souffrances et de vexations, et tout cela parce qu'on était

sans courage pour se plaindre et sans énergie pour
armer de la plume ou du glaive la justice naturelle et
le droit des nations. Et M. Collin a prétendu qu'*il
avoit grand sujet de dire , tout est bien.*

Cependant comme il suffit moins de convaincre
d'erreur ceux qui nous attaquent, que de sauver les ap-
parences, lorsqu'on veut tout-à-la-fois faire prendre le
change sur ses intentions, et en recueillir le fruit, il
pourroit arriver que les défenseurs de M. Collin, ou les
partisans de son système , prétendissent qu'il n'a voulu
présenter dans *Plinville* que le ridicule de l'Optimisme. Quoique ce faux-fuyant ne pût être considéré
que comme une gambade, je le démens. Je veux
épargner à nos sages subtils ce dernier trait de caractère , et je dis que c'est à bon escient que *Plinville* est
offert à la société et sur-tout aux malheureux comme
un modèle à suivre. Outre que l'action de l'Optimiste
est conduite de manière que ses sophismes et ses ex-
travagances ont le plus heureux succès, M. Collin
écarte tout subterfuge, puisqu'il dit lui-même dans
sa préface, en parlant de l'Optimiste, « *je puis, je
» crois., sans qu'on me taxe de vanité,* LOUER *ce carac-
» tère..... j'en ai trouvé le modèle dans la maison
» paternelle..... c'est mon* PÈRE.» Or on peut se
féliciter d'avoir démêlé un caractère ridicule, mais on
ne LOUE pas un caractère que l'on présenterait comme un ridicule. On expose les bizarreries de la société
à la risée publique, mais on ne ridiculise pas son
PÈRE. Enfin celui qui trouverait un *Jourdain*, un

Sottenvile dans sa famille, pourroit à la vérité profiter des traits que lui offrirait la maison paternelle;
mais il ne publierait pas, avec complaisance, que c'est
son PÈRE qu'il livre en proie aux moqueries du parterre. Enfin voici, mot-à-mot, comment, dans une
lettre particulière, M. Collin s'explique sur le caractère de *Plinville* : « *J'ai eu dessein de présenter sur la
scène un* BON PÈRE, (qui garde quinze mille livres
de rente pour lui, et le célibat pour sa fille unique;)
UN BON MARI (qui place sa fortune chez un joueur,
parce qu'il est heureux au jeu;) UN BON MAÎTRE
(qui ne trouve pas dangereuses les blessures gagnées
à son service;) *un peu bon-homme, à la vérité,* (oui,
qui voit *bonnement* celui qui gagne, et non celui qui
perd;) *mais point ridicule; tel enfin, qu'on* RIT
AVEC LUI, *mais non de lui.* » Il est donc incontestable que *Plinvile* nous est donné comme un traité
vivant de morale, comme une excellente méthode de
conduite dans les évenémens de la vie et dans la ma-
niere de se comporter avec les méchans et les fripons.

On seroit encore mal venu de me donner en preuve de la bonté du système de M. Collin, les heureux
fruits de la résignation et de l'insouciance de PLINVIL-
LE, et la cascade de ses revers établis avec précaution
pour le conduire à la prospérité de ses affaires et à
son plus parfait contentement. En bonne foi, est-ce
un homme bien à plaindre et bien infortuné que ce
Plinville ? que signifient les prétendus désastres dont
M. Collin a soin de l'affliger ? c'est se moquer des gens

*Lettre de
M. Collin à
M. Boursault
Malherbe, à
qui j'ai dé-
claré l'usage
de l'extrait,
et qui me l'a
Permis.*

que de nous donner la migraine d'une femme, qui
fait manquer une partie de plaisir, comme une grave
affliction et l'une des miséres de la vie humaine. Bien
difficile, en verité, de se consoler de l'incendie d'un
grenier à foin, quand on possède une superbe terre èt
ses dépendances; d'être insensible à la mort d'un per-
dreau, quand on n'est pas, apres tout, un tiran féodal;
et de ne pas se pendre de ce que l'on perd cent mille
écus, quand il vous en reste encore cent mille! Tels
sont en total les malheurs terribles que l'insouciance
de *Plinvile* surmonte. Pure supercherie, que de faire
résulter d'un ensemble de situations frivóles, la prétendue excellence des principes de la lâcheté et de la
servitude! Au lieu de nous offrir *Plinville* ridiculement infortunè, pour nous le montrer servilement sage, pourquoi M. Collin ne nous l'a-t-il pas présenté tels
que nous sommes, tels que nous étions, nous malheureux François et depuis si longtems? il a voulu faire de
Plinville un père tendre et sensible; ce *Plinville* a une
fille jeune, jolie, spirituelle et vierge; que n'a-t-il fait
convoiter cette fraîche enfant par un duc, par un
intendant, par un factotum de commis? d'où vient
qu'à la résistance de la fille, qu'à l'indignation du père,
il n'arrive pas une lettre de cachet qui, dispersant la
famille, pour la sûreté accoutumée de l'état, jette le
père dans le fond d'un château fort et la fille dans un
dédale de séductions d'où elle sort flétrie, corrompue
et dénaturée? Est-ce l'exemple qui nous manque? M.
Plinville a une femme surannée et grondeuse, pour-

quoi n'en a-t-il pas une jeune, belle, altiére, dissipée, ambitieuse, coquette, cupide et libertine? Nous n'aurions pas tardé de voir un prince, un evêque, un ministre, un cordon bleu, un lieutenant de police sequestrer ce benet de *Plinville* à Charenton, et son impudique épouse traîner dans un char ètrusque la honte et la fortune de l'epoux vraiment infortuné. Est-ce l'exemple qui nous manque? Pourquoi *Plinvile* n'es-til pas un brave et loyal militaire couvert de blessures, sollicitant vainement du pain dans l'arrière anti-chambre d'un commis, tandis qu'un jeune fat amant d'une messaline de cour, passe en riant près de lui, le coudoie, le toise avec effronterie et l'ecrase de son insolence radieuse de cent mille livres de rente? est-ce l'exemple qui nous manque? pourquoi M. Collin n'a-t-il pas fait de *Plinville* un bienfaiteur trahi par son obligé et emprisonné pour sa bienfaisance? un innocent chargé de fers et de calomnies, torturé dans la pensée par un enquêteur criminel; dans sa confiance par un mouton(1); dans les premiers besoins de la vie, par un geolier, et dans son honneur enfin, par des juges ignorans ou vindicatifs, ou vendus? Est-ce l'exemple qui nous man-

---

(1) Un MOUTON, dans l'ancienne jurisPRUDENCE criminelle, et qni subsistera jusqu'à l'établissement des JURÉS, était un brigand, un scélérat épouvantable, espèce d'officier secret de la Justice, que l'on mettoit en prison à côté de l'accusé que l'on ne pouvait convaincre, c'est-à-dire, que l'on voulôit perdre. Le mouton tâehoit de gagner la confiance de cet infortuné, sous le voile de l'amitié; et au moyen des épanchemens sacrés de ce sentiment, il

que? que n'en a-t-il fait un cultivateur dépouillé par un voisin puissant? un vigneron à la journée, accompagné de mille autres, qu'un coquin d'intendant comdamne à transporter de la montagne à la rivière et *par corvée* une coupe de bois de deux mille arpens, parce que cet intendant et sa maîtresse auraient reçu, en bons rouleaux, des mains des exploiteurs, le dixieme de la valeur effective du charoi de ces bois? Est-ce l'exemple qui nous manque? pourquoi n'en a-t-il pas fait un Rainal, un J.J. Rousseau persécutés de climat en climat par des sots et des cuistres, pour avoir instruit leur patrie et le monde? ou quelqu'étourdi, lestement étranglé dans la tour du trésor pour une douzaine d'hémistiches contre une courtisanne? ou un déplorable *la Tude*, renfermé et suplicié pendant trente-cinq ans, dans des cloaques, avec un raffinement de cruauté à desesperer la pensée et à faire bouillir le sang humain?... Plinville eût-il osé dire alors que *tout est bien?* eût-il été *content de tout?* Pourquoi?... eh! juste ciel! on remplirait cent volumes de pareilles souffrances, qui certes ne sont pas supposées: et M. Collin n'a garde de toucher à ces vérités. C'est le feu du ciel qu'il fait descendre

---

lui tirait, comme on dit, *les vers du nez;* sinon sur l'accusation prétendue, si elle étoit injuste, du moins sur les événemens de sa vie entière, que les Juges fouillaient avec acharnement, tant et si bien qu'il ne manquoit pas d'en sortir AUTRES CAS RÉSULTANS DU PROGÈS, et de-là, condamnation quelconque. Voilà quelles étaient les belles institutions de l'OPTIMISME du siècle.

pour brûler quelques bottes de paille à son plaisant infortuné, tant il a peur de compromettre les vrais
génies malfaisans, tant il est soigneux d'écarter loin des
pestes publiques, les inductions et les soupçons que
jetteraient sur les méchans la moindre petite adversité
habituelle.

M. Collin ignorait-il ces abus monstrueux et ces
persécutions criantes? il ne connaît donc ni les hommes, ni le monde, ni la situation de sa patrie! De
quoi s'avise-t-il alors de travailler à son instruction?
mais que dis-je, son ouvrage même prouve qu'il connaît fort bien les misères de l'humanité et les malheurs
de la France. Il a donc voulu, bien positivement nous
abuser sur nos infortunes et en appuyer les auteurs.

Mais, M. Collin pouvait-il parler, en 1788, des
horreurs de l'ancien régime? qui l'eût osé? moi, je l'ai
fait; *est modus in rebus.* D'ailleurs quand on n'a pas le
courage de plaider pour les malheureux, on a la
pudeur de ne pas encourager les méchans. Si l'on n'ose
pas dire aux puissans tout va mal, quand cela est, on ne
dit pas aux faibles *tout est bien*, quand cela n'est pas.
Quel nom donner à cette séduction rafinée, à cette
politique astucieuse? c'est trahir la vérité; c'est tourner
contre la patrie l'instruction qu'on a puisée dans son
sein; c'est mentir à sa consience que de fasciner les
yeux de ses concitoyens sur leurs adversités, pour les
préparer et les disposer à de plus grandes: c'est être
cruel que d'employer à perpétuer nos maux les talens qu'on n'a reçus de la nature que pour prêcher sa

doctrine, propager son influence, et rétablir son empire.

Je me suis élevé avec force contre la doctrine répan-
due dans la comédie de l'Optimiste, parce qu'elle attaque les droits de l'homme et la dignité de son être;
parce qu'elle tend à rompre les liens de la société en
étouffant ce fondement de la morale, la pitié, la base
de toutes les vertus; parce que j'ai vu dans cet ouvrage
les principes cachés du fatalisme qui n'a jamais fait
que des esclaves, et le dessein formel d'attribuer des
droits naturels et primitifs aux abus qui surchargent et
dégradent ma patrie. Avant d'attaquer directement
cette comédie, j'ai composé *le Philinte de Molière* pour
la combattre; j'ai conçu mon action de manière à détruire par autant de vérités chaque sophisme de M.
Collin. C'est aux moralistes à juger si la victoire est de
mon côté: la raison s'y trouve, j'en suis bien sûr.

Je me tais sur tout ce qui concerne la littérature
relativement à ma comédie; elle porte sa critique et sa
défense; les préfaces sont parfaitement inutiles sur ce
point. Quant au talent de M. Collin, c'est assurément
avoir eu le malheur de le louer que de condamner aussi
sévèrement l'emploi qu'il en a fait.

Je n'ignore pas, à la honte des mœurs et au grand
détriment de mon pays, que les gens-du-monde, et qui
pis est les lettrés, font bien plus de cas de la forme que
du fond. A l'exception de quelques écrivains essentiel-
lement épris de la morale, je n'ai vu que le peuple qui
sut s'attacher aux choses. Il serait bien tems que les arts,

répudiant les esclaves, apportassent leur influence ans la chose publique. J'appuyerai de tous mes efforts cette noble résolution. La nature a borné la mesure de mes talens, mais mon ame est insatiable du bonheur d'être utile.

DU

PROLOGUE

PROLOGUE

DU PHILINTE DE MOLIÈRE.

PERSONNAGES.

L'Auteur du Philinte, fous le nom de Damis.

L'Ami de l'Auteur, fous le nom d'Acaste.

———

La Scène eft chez Damis.

———

PROLOGUE

DU PHILINTE DE MOLIÈRE,

O U

LA SUITE DU MISANTHROPE.

Nec omnia , nec omnes mihi
Placuêre ; quinam ego omnibus!

DAMIS, ACASTE.

DAMIS.

Eh! bien, nous voilà feuls ; parlez, expliquez-vous;
Que voulez-vous de moi?

ACASTE.

D'abord point de courroux.
Je viens pour vous parler d'une importante affaire.

d 2

DAMIS.

J'écoute; hâtez-vous.

ACASTE.

Mais par préliminaire,
J'exige du fang-froid.

DAMIS.

Du fang-froid?

ACASTE.

Oui, Damis.

DAMIS.

Acafte, ce n'eft donc ni vous, ni nos amis,
Ni la patrie enfin, que regarde la chofe?

ACASTE.

Mais pas abfolument.

DAMIS.

Quelle que foit la caufe
Qui vous conduife ici, c'eft fort bien; dépéchez.
Si des fourbes du tems, avec art, retranchés
Sous un air de douceur & de niaiferie,
Si de nos intriguans experts en flatterie,

Epiant l'homme-en-place & prônant fur fes pas ,
Jufques dans fes erreurs , le bien qu'il ne fait pas ,
Si de pareilles gens vous me parlez , Acafte ,
Vous allez m'indigner. Mais parlez-moi du fafte
Semé dans les propos de nos hardis jongleurs ,
Ou des larmes d'amour de nos petits auteurs ,
Ou de ces fiers géans qui , d'un air d'importance ,
Pour lui lire une fable inviteroient la France ;
C'eft leur affaire ; hélas ! ils en ont bien le droit ;
Comptez que vous allez me trouver de fang-froid.

A C A S T E.

Non , ce dont il s'agit eft d'une autre nature.
Damis , ces jours paffés vous me fites lecture
De votre Philinte...

D A M I S.

Ah ! je vous devine.

A C A S T E.

Au fait ;
J'en fus , je vous l'avoue , à tel point fatisfait ,
Que , depuis ce moment , par-tout où je me trouve
D'un éloge pompeux....

D A M I S.

Et je vous défapprouve ,
Non que de mon travail , & , fi l'on veut , de moi ,
L'éloge bien fenti , je fuis de bonne foi ,

d

Ne foit fait pour me plaire, & ne porte à mon âme
Ce prix de fentiment, qui me guide & m'enflamme.
Mais ne voyez-vous pas, par ce mal entendu,
Qu'avec nos charlatans me voilà confondu?
Voulez-vous donc qu'on dife & que l'on me reproche
D'être comme ces gens dont la gloire eft en poche?
Illuftres à huis-clos! qu'un cercle officieux
Trouve toujours charmans, divins, délicieux?
Et c'eft avec raifon; car, de cette fentence,
Il étoit, en détail, convenu par avance.
Tout ouvrage, mon cher, ne doit être produit
Que par délaffement, ou pour un noble fruit.
S'il eft fait pour moi feul, c'eft affez qu'il me plaife;
S'il eft pour voir le jour, alors, bonne ou mauvaife,
Adreffons au Public cette production,
Droit à lui, fans détours, fans autre ambition
Que d'être utile: heureux! fi l'ouvrage profpère;
S'il ne réuffit pas, toujours prêt à mieux faire.
Mais jaloux du renom plutôt que des talens,
Aller, par procureur, mendier des chalans,
Et fans ceffe courant de rufe en turpitude,
S'emparer des oififs & de la multitude,
Abufer le Public, arrher fon jugement,
Pour faire un peu de bruit & régner un moment!
C'eft le fait d'un Auteur qui quête à la tribune
Un fauteuil, pour en faire un char à fa fortune.

ACASTE.

Hé! que me dites-vous? Il n'eft point de danger
Qu'avec de telles gens, je veuille vous ranger.

Me préferve le Ciel d'une telle bévue !
Votre franchife auftère eft d'abord trop connue :
Vous avez trop de cœur & pas affez de front,
Pour mériter de moi ce falutaire affront.
Je ne dis falutaire, au refte, je m'explique,
Que dans le fens connu de Meffieurs de la clique,
A qui cette méthode eft falutaire, au point
De remplacer chez eux les talens qu'ils n'ont point.
Quand je parle, en un mot, de vous, de vos ouvrages,
Je cherche du plaifir & non pas des fuffrages.
Mais je reprends mon texte & prédis vos fuccès ;
J'ai donné votre pièce au Théâtre François,
Et l'on va la jouer...

DAMIS.

Y penfez-vous ? J'oppofe...

ACASTE.

Quoi ?

DAMIS.

De bonnes raifons pour empêcher la chofe.
Je ne peux me réfoudre à courir ce hazard.

ACASTE.

Pour cette pièce, enfin, que craindre ?

DAMIS.

D'une part,
Son titre.

d 4

ACASTE.

Il est piquant.

DAMIS.

J'en conviens ; mais de grace,
Comment l'entendez-vous ? Piquant par mon audace?
Ou piquant par le choix ?

ACASTE.

Vous jouez sur les mots.

DAMIS.

C'est l'arme des méchans & l'argument des sots;
Il faut bon-gré-malgré, mon cher, y prendre garde;
A côté de Molière, enfin, je me hazarde.
Il est de bons esprits dont je crains peu la voix:
Trente que je connois & mille que je vois,
D'un zèle noble & pur s'enflammeront sans doute,
En me voyant tenter cette orageuse route.
» Faire parler *Philinte*, *Alceste* de nouveau!
» L'ouvrage est périlleux, mais le projet est beau,
» Diront-ils, & du moins nous pouvons en conclure
» Que l'ami de Molière aime encor la nature;
» Il a pu se méprendre & les mal imiter,
» C'est une moindre erreur que de s'en écarter.
» Voyons donc son ouvrage; &, d'une ame sincère,
» Souhaitons à l'Auteur la force nécessaire
» Pour atteindre à son but, Jusques au dénouement,
» Depuis le premier mot, très-attentivement,

» Écoutons les difcours & la verve d'Alcefte.

» Et rejettons fur-tout cet ufage funefte

» De certains étourdis, qui, toujours affairés,

» Veulent bien dans leurs cours les actes pséparés,

» L'illufion complette, au bout d'une méprife,

» Pour jouir pas-à-pas d'une adroite furprife;

» Ils y mettent pourtant une condition,

» C'eft de tout deviner dès l'expofition:

» Bifarre empreffement qui leur caufe un fupplice,

» Dont ils tirent raifon à force d'injuftice.

» Loin de nous cette erreur, « diront ces bons efprits.

Mais que dira l'envie & tant de gens aigris.

Par la feule raifon qu'un autre ofe entreprendre

Ce qu'ils ne peuvent pas & n'auroient pu comprendre?

» Venez-vous aux François? dira le froid Arcas

Au doucereux *Philon* qu'il trouve fur fes pas;

» Auriez-vous deviné de fuite au Mifanthrope?

» Eft-il audacieux? J'ai fait fon horofcope;

» Déteftable. Peut-on concevoir, s'il vous plaît,

» Quelque chofe à fon titre? Oh! voici mon fifflet;

» J'efpère dans une heure en régaler Philinte. «

» Pourquoi, répond *Philon*, d'un ft le de complainte,

» Pourquoi donc le fiffler? Son ouvrage fuffit;

» A mes bons affidés, dès long-tems je l'ai dit.

» Ayez l'âme plus tendre. Hélas! fi l'Auteur tombe

» Je veux, aux yeux dé tous, le pleurer fur fa tombe;

» Et dès que, de la Scène, il va fe voir exclus,

» Vanter bien haut fes vers que l'on n'entendra plus.

» Vous êtes trop méchant; foyez bon & fenfible. «

Me voilà donc chargé d'un crime irrémiffible.

Auprès de telles gens; Acafte, ils font nombreux,

Mais voyez-vous encor cet essain ténébreux
D'aveugles partisans, rangés sous leur bannière,
Qui, pour mieux me haïr, feignant d'aimer Molière,
Fanatiques menteurs de cet homme immortel,
M'immolent à leur haine au pied de son autel?
Non, non, épargnons-nous ces assauts détestables.

ACASTE.

Vous vous les figurez, Damis, trop redoutables;
Et qu'en pouvez-vous craindre, après tout, dites-moi?

DAMIS.

J'admire, en vérité, ce fonds de bonne foi.
Ne vous souvient-il plus de l'affreuse cabale,
Qui, par grouppes choisis, s'emparant de la Salle,
Au Théâtre François proscrivit, l'an passé (*),
Ma Pièce & son spectacle à peine commencé?
Aura t-on plus d'égard pour mon nouvel ouvrage?

ACASTE.

C'est par l'état du ciel qu'on juge de l'orage:
Des tems qui ne sont plus, distinguez le présent.
D'où provenoit enfin ce tumulte indécent,
Qui, sans frein ni raison, remplissant un Spectacle,
Au travail du Poëte apportoit un obstacle?
C'est que la liberté n'existoit nulle part,

(*) Le 7 Janvier 1789. Voyez ma Préface du *Présomptueux*, ou *l'heureux Imaginaire*, Comédie en cinq actes, jouée depuis, & restée au Théâtre.

Oui, nulle part en France, & que, grace à leur art,
Nos tyrans effrontés, dont vous favez le nombre,
Voulant ravir la chofe & nous en laiffer l'ombre,
Eux-mêmes excitoient un parterre imprudent,
Qui, fier de fa parole, en fon aveuglement,
Se croyoit libre encor de ce que, fans contrainte,
Ses cris à tel Auteur pouvoient porter atteinte,
De ce que, hautement, fans s'être compromis,
Il avoit ofé dire une fois fon avis;
Et qu'après cet effort fublime & téméraire,
Il n'en rendoit pas compte au prochain Commiffaire.
C'eft la vérité pure; &, dans ce jeu cruel,
Le defpotifme adroit, autant que criminel,
Trouvoit ce double fruit d'abufer fes victimes
Et d'épaiffir le voile étendu fur fes crimes,
D'immoler les écrits, d'autant qu'ils étoient bons:
La clarté fut toujours la terreur des fripons.
Mais aujourd'hui les loix ont bien changé les chofes:
Comptez donc fur l'effet de nos métamorphofes;
Et, quand de fon ouvrage enfin l'on eft content....

DAMIS.

Mais je ne le fuis pas. Ne vous preffez pas tant.
Content de mon ouvrage ? Hé ! Monfieur, puis-je l'être,
Le ferai-je jamais en contemplant mon maître ?
Mon travail à la main & le bien dans le cœur,
Ce n'eft point en rival, mais comme adorateur,
Que je dépoferois cette offrande, amaffée
Dans fes propres écrits, pleine de fa penfée,
Aux pieds de ce génie. » O ! fublime écrivain,
» Lui dirois-je, après toi nous moiffonnons en vain.

» Mais connois ton difciple ; & , daignant lui fourire,
» Vois du moins, vois encor ce qu'on gagne à te lire ! «

ACASTE.

Sous cet afpect , fans doute , aifément je conçois
Que vous ne foyez pas content....

DAMIS.

Que je le fois,
Sous vingt autres rapports, le croyez-vous poffible ?
Le Parnaffe devient un mont inacceffible.
C'étoit peu qu'Apollon, par des écueils nombreux,
En eût fait le chemin pénible & dangereux ;
Je ne fais quel démon , jaloux de notre Scène,
En fend l'accès bizarre & la route incertaine !
C'eft un amas confus , contradictoire, ingrat,
De cent petites loix d'un goût tout délicat
Qui font là, tout exprès, pour forcer la nature
A fe montrer fardée , & peinte en mignature.
Et pourquoi tout cela ? Pour complaire à des fots,
Dont la langue n'admet que deux ou trois cents mots,
Hors defquels ne fort pas leur hautaine ignorance.
Un mince cailletage eft leur noble fcience ;
Ils ont peur de parler comme parle un bourgeois.
Dans leurs locutions, dans le fon de leur voix,
Cette crainte les tient à tel point en réferve,
Que leur bouche pincée, à tout propos s'obferve.
Auffi comme ils font froids ! jamais la paffion
Ne compromet leur cœur, ni leur condition.
En petits apperçus leur efprit s'alambique ;
Ils veulent vous foumettre à cette poétique ;

Et comme tout-puiſſans ils diſpoſent de tout,
Vous êtes un pédant & vous manquez de goût,
Dès lors que, par l'effet d'un vers plein de génie,
Vous mettez en défaut la bonne compagnie
Qui n'y comprend plns rien, & n'y ſent plus le tour
Des phraſes à la glace, en uſage à la Cour.

A C A S T E.

C'eſt un plaiſant contraſte. Il en eſt quelque choſe ;
Faut-il que, pour cela, votre eſprit s'indiſpoſe ?
Vous devez obſerver....

D A M I S.

J'obſerve, avec dépit,
Que notre langue eſt riche & que tout l'appauvrit.
Grace au Ciel ! les trois quarts de mon Dictionnaire
Sont des mots réprouvés dont je n'ai plus que faire·

A C A S T E.

Ce ſeroit aux Auteurs à s'entendre, je crois,
Pour renverſer bientôt ces ridicules loix.
S'étayant l'un par l'autre, ils n'auroient rien à craindre ;
Ils étendroient le cercle où l'on veut les reſtreindre,
Et pourroient corriger cette erreur par le fait :
De ſorte qu'au Théâtre....

D A M I S.

Au Théâtre ? En effet ;
Hé ! ne voyez-vous pas qu'à l'envi l'on y flatte
Des cenſeurs pointilleux la fadeur délicate,
Que chaque Muſe y parle en terme d'un beau choix,

Et ne diffère en rien, pas même de la voix?
Que tels Auteurs foumis, pour vouloir trop bien faire,
Tracent tout fans couleur, fans feu, fans caractère?
Qu'à force d'être pur, joli, doux & galant,
On a tout ce qu'il faut, excepté le talent?
Ils en gémiffent tous; la mode les entraîne.
Placez-vous au Parquet, & contemplez la Scène;
Vous y verrez des gens bien rangés de niveau,
Et fe reffemblant tous comme des gouttes d'eau.
Vous y verrez enfans, hommes, filles & femmes,
En termes les plus frais parler par épigrammes;
Des payfans docteurs chez le libraire éclos,
Et des laquais charmans qui récitent Duclos.

A C A S T E.

Mais, mon cher, à la Cour, à la Ville, au Village,
Les François aujourd'hui n'ont qu'un même vifage,
La langue, les égards de la civilité,
Et tous les lieux communs de notre urbanité,
Afferviffant nos mœurs à des formes égales,
Ont produit ce vernis & ces fadeurs morales.
L'art en fouffre beaucoup; ces complimens bannaux
Ont chaffé loin de nous tous les originaux.
Il n'eft plus de *Jourdains*, d'*Orgons*, ni de *Pernelles*,
Un caroffe doré traîne nos *Sganarelles*,
Et tout Paris voit bien, qu'au temple d'Apollon,
La mode a rappellé *Cathos* & *Madelon*.
Il faut donc au hazard deffiner des chimères,
Et s'il reftoit à peindre encor des caractères,
Penfez-vous que déjà de fublimes efprits,
N'en euffent pas, en foule, enrichi leurs écrits?

Lifez nos Almanachs, il eft tant de génies!

DAMIS.

Il eft pour le talent des fources infinies.
Les modèles, morbleu! ne nous manqueroient pas.
Mais on veut des tableaux bien jolis, délicats,
Des feigneurs vertueux, de vertueufes dames,
Jufques dans les fripons on veut de belles âmes.
Qu'il échappe à l'Acteur un mot bien doucereux,
On croit voir fe pâmer tout un peuple d'heureux.
S'il faut s'en rapporter à la Mufe éperdue
De tous ceux que j'entends, Aftrée eft defcendue;
Et le vice préfent, qui fe fent cajoler,
Pour peu qu'on le démafque, eft tout prêt à fiffler.
Je peins ce que je vois, & non ce qu'on invente.
Mes modèles auffi pâliffant d'épouvante,
Si j'expofois un jour en Scène leurs portraits,
M'accableroient bientôt de leurs perfides traits.
On les verroit, honteux de trop de reffemblance,
Nommer l'auteur méchant, fon courage infolence;
Et, faute d'autre excufe, analyfer un vers,
Ou dénoncer en pompe un mot à l'univers.

ACASTE.

Hé! bien! il faut braver une injufte critique.
J'avoûrai cependant qu'un peu trop véridique,
Vous ne ménagez pas affez l'homme du jour:
Vous le heurtez de front, fans le moindre détour.
A l'afpect de fon cœur, votre ame courroucée
Dans le moindre repli va fcruter la penfée,
De fon mafque agréable il a beau fe cacher,

Sur sa difformité vous allez l'arracher.
Un portrait a son prix, du moment qu'il ressemble.
Mais c'est votre intérêt, du moins il me le semble,
Qu'il falloit ménager avec dextérité.
Au lieu de vous armer de tant d'austérité,
N'eût-il pas mieux valu, d'une plume docile,
Complaire aux mœurs du tems ? En Auteur plus habile,
A son bon naturel, imputer sa douceur.
Et sensible avec art, pour n'être pas penseur,
De crainte de produire une muse importune,
Excuser les heureux & nier l'infortune.
Sur les abus chéris nous faire illusion.
Sur-tout donner matière à quelque allusion :
Et cousant au sujet quelque tendre épisode,
Y flatter à propos la puissance à la mode.
Voilà le vrai moyen d'assurer son succès.

D A M I S.

Mon succès ? Que me fait le gain de ce procès ?
Sans doute j'y prétends ; mais si je le souhaite,
C'est en bon Citoyen bien plutôt qu'en Poëte.
J'ai trop d'austérité, dites-vous ? Hé ! morbleu !
Prenez-vous mon *Philinte*, après tout, pour un jeu ?
Le Théâtre n'est-il qu'un passe-tems frivole ?
Au jour de liberté, qu'il devienne une école.
Allez, qui voit le siècle & tout ce que j'ai vu,
Dans le cœur du méchant quand on est descendu,
Et qu'alors indigné, du bord de cet abyme,
On est poussé de verve à démasquer le crime,
A-t-on l'âme timide & le style mielleux ?
Déchirons, sans pitié, le voile frauduleux,

Dont

Dont l'Egoïfte adroit fe pare & s'enveloppe ;
Sur la Scène , évoquons l'ombre du Mifanthrope ;
C'eft à lui qu'il convient de parler de vertu.
Chaffons ces froids pleureurs, au ftyle rebattu ,
Ces fages controuvés , ces· bienfaiteurs poftiches,
D'un fentiment exquis ornant les hémiftiches ,
Mais avec tant d'attache & de profufion ,
Qu'il n'eft plus de laquais fans fa bonne action.
Faftidieux menfonge ! Eft-ce ainfi que nous fommes?
Sur ces plates fadeurs, appréciez les hommes ;
Et courez du Théâtre , où l'on vous a montré
De tant de bonnes gens le modèle plâtré ,
Courez, dis-je, implorer le riche & l'homme en place ;
Vous verrez le revers & tout ce qui fe paffe.
Vous comprendrez comment un Auteur délié ,
A force de la feindre, étouffe la pitié.
Quand la France renaît, écrafons l'impofture.
Au refte, mon Philinte eft peint d'après nature ;
Je l'ai vu. De la Cour, il vint à la Cité.
Mais faut-il m'appuyer d'une autre autorité ?
C'eft JEAN-JACQUES ROUSSEAU.

(*Il tire un livre de fa poche, l'ouvre & le donne*
à Acafte.)

Lifez ce paragraphe ;
Voilà fon fentiment, & c'eft mon épigraphe.

ACASTE, *lit.*

» Ce Philinte eft un de ces honnêtes gens du Lettre fur
» grand monde, dont les maximes reffemblent beau- les Specta-
» coup à celles des fripons ; de ces gens fi doux, cles.
» fi modérés, qui trouvent toujours que tout va

e

» bien, parce qu'ils ont intérêt que rien n'aille
» mieux ; qui font toujours contens de tout le
» monde, parce qu'ils ne fe foucient de perfonne;
» qui, autour d'une bonne table, foutiennent qu'il
» n'eft pas vrai que le peuple ait faim ; qui, le
» gouffet bien garni, trouvent fort mauvais qu'on
» déclame en faveur des pauvres ; qui, de leur
» maifon bien fermée, verroient voler, piller,
» égorger, maffacrer tout le genre humain, fans
» fe plaindre, attendu que Dieu les a doués d'une
» douceur méritoire à fupporter les malheurs d'au-
» trui. «

DAMIS, *reprenant le livre.*

Mon cher, c'eft à ce livre, à fon intention,
Que je dois mon ouvrage & fa conception;
Je le dis hautement. Si le méchant m'affiège,
Qu'il fache que Rouffeau lui-même me protège!
Et certes ce n'eft pas implorer aujourd'hut
Une frêle affiftance une médiocre appui,
Que d'être précédé de l'ame d'un grand-homme,
Digne de l'âge d'or & de l'antique Rome,
Protecteur de l'enfance & de l'humanité,
L'apôtre précurfeur de notre liberté!
Ainfi donc, cher Acafte, au gré de votre envie,
Puifqu'on offre au Public Philinte en Comédie;
Plutôt que d'affoiblir une fcrte leçon,
A ce même Public je dirai, fans façon.
» Meffieurs, pour un inftant, oubliez donc de grace
» De mille faux portraits la coquette grimace.
» C'eft mal, à qui les peint, de déguifer nos mœurs.

» Je viens veus révéler de coupables erreurs.
» Par les fautes d'autrui s'amender & s'inftruire,
» C'eft un bien. Daignez donc m'écouter & me lire.
» Les pervers que ma plume a tracés avec foin,
» Le mafque fur le front, font là dans quelque coin,
» Impofez-leur filence, & que leur feule rage
» Prouve la vérité qui luit dans mon ouvrage. «
Je ne plaifante point, tels feront mes difcours.
Adieu, tel on me voit, tel je ferai toujours.

Fin du Prologue.

PERSONNAGES.

PHILINTE, ami d'Alceste. }
ALCESTE, ami de Philinte. } *Personnages de*
ELIANTE, femme de Philinte. } *la Comédie du*
DUBOIS, valet - de - chambre } *Misanthrope.*
   d'Alceste.

UN AVOCAT, pauvre.

UN PROCUREUR, riche.

UN COMMISSAIRE de Police.

UN HUISSIER.

UN GARDE du Commerce, }
LAQUAIS, } Personnages muets.
RECORS, }

La Scène est à Paris, dans l'hôtel de Poitou,
garni, & se passe dans une anti-chambre
commune aux appartemens de l'hôtel.

LE PHILINTE
DE MOLIÈRE,
ou
LA SUITE
DU MISANTHROPE.

ACTE PREMIER.

SCENE PREMIERE.

ELIANTE, PHILINTE.

PHILINTE, *avec humeur.*

Je prends tout doucement les hommes comme ils font.
J'accoutume mon âme à souffrir ce qu'ils font (*).

_____

(*) Ces deux vers font de Molière, & c'est Philinte, dans le
Misanthrope, qui les prononce.

A

Eliante, on fait mal, pour vouloir trop bien faire;
Un défaut peut servir, & ce qui nuit peut plaire.
Mais il vous faut, Madame, un empire absolu.
Ce qu'une femme veut, ce qu'elle a résolu,
Ne peut souffrir d'obstacle; & quand la circonstance
Lui fournit les moyens d'établir sa puissance,
Il ne faut pas douter de sa précaution
A dominer par-tout avec prétention:
Qu'importe le succès? L'erreur n'est jamais grande:
Tout va bien, après tout, pourvu qu'elle commande.

ELIANTE.

Pourquoi donc cette humeur? Philinte, y pensez-vous?
D'où vient cette colère? Et quand....

PHILINTE.

Moi, du courroux?
Non, Madame: je sais que, si je fus le maître
Dans ma maison; c'est vous, oui, vous, qui devez l'être
Maintenant.

ELIANTE.

Maintenant?

PHILINTE.

Votre tour est venu.
Au Ministère enfin votre oncle parvenu,
A votre volonté donne un relief étrange;
Et sur ce grand crédit, il faut que je m'arrange.

ELIANTE.

Oh! que cette querelle est bien d'un vrai mari!

PHILINTE.

Mais point. Je sens très-bien tout ce qu'un favori,

Un oncle tout puissant, depuis quelques semaines,
Doit donner, à nous deux, d'influence ou de peines,
Un peu d'ambition m'a gagné ; je le sais.
Me voilà, par vos soins, Comte de Valancés ;
Mais Philinte toujours d'humilité profonde.
Comte de Valancés, pour briller dans le monde ;
Mais Philinte, céans, autant qu'il se pourra,
Pour n'y faire, en un mot, que ce qu'il vous plaira.

ELIANTE, *riant.*

Comte de Valancés, mais toujours cher Philinte,
Avez-vous tout dit ?

PHILINTE.
Oui.

ELIANTE.
                        Voyons : de cette plainte,
De cet excès d'humeur, dites-moi la raison ?
Raison juste ou plausible.

PHILINTE.
                        Eh bien ! quelle maison,
Dites-moi, je vous prie, est celle que j'habite
Depuis six jours ?

ELIANTE.
C'est un hôtel garni.

PHILINTE.
                        Quel gîte !
Lorsqu'un titre d'honneur exige de l'éclat,
Que, tour-à-tour, chez moi, les plus grands de l'Etat,
Vont venir à la file ; il vous a plu de faire

De l'hôtel de Poitou ma demeure ordinaire.

E L I A N T E.

Sur de nouveaux projets notre hôtel s'établit;
Et quand, du haut en bas, on arrange, on bâtit,
Falloit-il, pour trois mois d'intervalle, peut-être,
Se meubler autre part? Vous en êtes le maître.
Mais qui s'en chargera? Sera-ce vous, ou moi?
Cette espèce de soin veut de la bonne foi.
Qu'à quelque Entrepreneur la charge en soit donnée,
Et l'on vous volera vos rentes d'une année.

P H I L I N T E.

C'est fort bien dit, Madame, & vous ne pourriez pas
M'alléguer aujourd'hui ces motifs d'embarras,
Si, comme j'ai déja commencé de le dire,
Vous n'aviez, par avance, usé de votre empire,
Pour me faire chasser Robert mon Intendant.

E L I A N T E.

C'est un fripon.

P H I L I N T E.

Robert étoit adroit, prudent,
Actif, officieux.

E L I A N T E.

C'est un fripon, vous dis-je;
Oui, Monsieur, & croyez, lorsqu'un valet m'oblige
A le faire chasser, sans nul ménagement,
Qu'il le mérite bien.

P H I L I N T E.

Madame, assurément

Je n'ai pas balancé. Soit raison, soit caprice,
Ce Robert, en un mot, n'est plus à mon service:
Que voulez-vous de plus? Mais d'un vol controuvé
Je pense qu'on l'accuse, & rien n'est moins prouvé.

ELIANTE.

Et moi, j'en suis certaine; &, sans trop vous déplaire,
Voulez-vous que j'ajoute un avis nécessaire?
Sans zèle pour les bons, foible pour les méchans,
Vous vous ménagez trop, mon cher, dans vos penchans.

PHILINTE.

Je suis comme il faut être; & tout me dit, me prouve.....

SCÈNE II.

ELIANTE, DUBOIS, PHILINTE.

DUBOIS.

Monsieur! graces au Ciel, à la fin, je vous trouve,
J'ai cru....

PHILINTE.

C'est vous, Dubois! que faites-vous ici?

DUBOIS.

Je vous cherche tous deux.

PHILINTE.

Que veut dire ceci?

Comment.....

A 3

ELIANTE.

N'êtes-vous plus au service d'Alceste?

DUBOIS.

J'y suis jusqu'à la mort ; mais un tracas funeste....

ELIANTE.

Eprouve-t-il encor des revers, aujourd'hui,
Dans sa retraite ?

DUBOIS.

        Encor? Le diable est après lui.
Ils vont chanter victoire, à présent, les infâmes;
Et s'il tombe un malheur, c'est sur les bonnes âmes.

PHILINTE.

Vous verrez qu'au milieu des rochers & des bois,
Sévère défenseur de la vertu, des lois,
Il se sera mêlé, je gage, en quelque affaire,
Ou dans quelque débat, dont il n'avoit que faire.

DUBOIS.

Monsieur l'a deviné. C'est son cœur excellent....

PHILINTE.

Oh ! voilà mon censeur austère & violent....

DUBOIS.

Tout ceci vient d'un champ, près d'une métairie,
Qui depuis fort long-tems est dans sa seigneurie.
Et pour le conserver.... mon maître a tant de mal!....
Le champ n'est pas à lui.... non vraiment... c'est égal;
Tout comme le sien propre il cherche à le défendre.
Les enragés, voyant qu'ils ne pouvoient le prendre,

L'ont voulu faifir, lui... douze ou quinze Sergens
Sont venus l'arrêter....

ELIANTE, *alarmée*.

Votre maître !....

DUBOIS.

Ses gens

Ont écarté bientôt toute cette canaille :
Et lui de fe fauver. Enfin, vaille que vaille,
Il fuit, pour aller loin dévorer fon fouci ;
Et pour vous embraffer, il paffe par ici.

ELIANTE.

Et quand arrive-t-il ?

DUBOIS.

Mais, de la nuit dernière,
Nous fommes dans l'hôtel. La chofe eft fingulière ;
Vous y logez auffi. L'on m'a dit : » Demandez.... »
Car vous avez deux noms, à préfent, attendez....
On vous nomme Monfieur...Monfieur...D'abord j'oublie
Les noms. Quoi qu'il en foit, l'hôteffe, fort jolie,
Qui me voyoit courant depuis le grand matin,
Et qui fait vos deux noms, m'a dit :....

ELIANTE.

Heureux deftin !

Ton maître eft dans l'hôtel ?

DUBOIS.

Oui, vraiment.

PHILINTE.

Viens ; je vole...
A 4

DUBOIS.

Attendez. N'allons pas , ici , faire une école.
Il écrit. Vous fentez qu'après de pareils coups,
Les affaires , là-bas, font fens-deffus-deffous;
Il m'a bien dit : » Dubois, ne laiffe entrer perfonne...
» Parce que...» Pefte ! il faut faire ce qu'on m'ordonne;
Attendez, s'il vous plaît, que j'aille un peu favoir....
Si vous.... Oh ! qu'il aura de plaifir à vous voir !

(Il fort.)

SCENE III.

ELIANTE, PHILINTE.

PHILINTE.

CET homme , je le vois , fera toujours le même.

ELIANTE.

Monfieur, plaignons Alcefte.

PHILINTE.

Ou plutôt fon fyftême.

ELIANTE.

Que nous devons bénir la fortune , aujourd'hui,
Qui nous offre un moyen de lui fervir d'appui!
Mon oncle, avec fuccès, fur notre vive inftance,
Emploira fon crédit, fon zèle, fa puiffance,
Et furtout fa juftice , à fervir notre ami.

PHILINTE.

Je promets de ne pas m'employer à demi,
Pour finir une affaire, assez embarrassée,
Puisque sa liberté se trouve menacée.
Mais encore, Madame, il est prudent, je crois,
De connoître, avant tout, sa conduite, ses droits ;
Car sa bizarrerie, impossible à réduire,
En de tels embarras auroit pu le conduire,
Qu'il seroit messéant & même dangereux
De s'avouer, bien haut, sottement généreux.
Mais je le vois.

SCENE IV.

ELIANTE, ALCESTE, PHILINTE.

PHILINTE *se jettant au cou d'Alceste.*

Alceste, embrassons-nous ! que j'aime
Ce souvenir touchant ! qu'en un malheur extrême,
Vous ayez pris le soin de venir, de voler
Vers vos plus chers amis, prompts à vous consoler !

ELIANTE *émue.*

Rassurez-vous, Alceste, & croyez qu'Eliante
Ne voit pas vos malheurs d'une ame indifférente.

ALCESTE *serrant de droite & de gauche les mains de ses amis.*

Je cherchois, sur la terre, un endroit écarté

Où d'être homme d'honneur on eût la liberté (*).
Je ne le trouve point. Hé ! quel endroit sauvage,
Que le vice insolent ne parcoure & ravage ?
Ainsi, de proche en proche, & de chaque cité
File, au loin, le poison de la perversité.
Dans la corruption le luxe prend racine ;
Du luxe l'intérêt tire son origine ;
De l'intérêt provient la dureté du cœur.
Cet endurcissement étouffe tout honneur ;
Il étouffe pitié, pudeur, loix & justice.
D'une apparence d'ordre & d'un devoir factice
Les crimes les plus grands grossièrement couverts,
Sont le code effronté de ce siècle pervers.
La vertu ridicule avec faste est vantée ;
Tandis qu'une morale, en secret adoptée,
Morale désastreuse, est l'arme du puissant,
Et des fripons adroits pour frapper l'innocent.

PHILINTE.

Croyez qu'il est encor des ames vertueuses,
Promptes à secourir les vertus malheureuses.
Il en est, cher Alceste, ainsi que des amis,
Prêts à s'intéresser à vous.

ALCESTE.

Est-il permis,
Que parmi tant de gens, présens à ma mémoire,
Je n'en sache pas un que je voulusse croire
Assez franc & sincère, ici comme autre part,
Pour mériter de moi la faveur d'un regard !

(*) Ces deux vers sont de Molière, & les derniers que prononce Alceste dans le Misanthrope.

Et que, dans le projet de quitter ma patrie,
Vous deux, foyez les feuls, que mon âme attendrie
Ne puiffe abandonner parmi ceux que je vois,
Sans vous revoir au moins pour la dernière fois.

E L I A N T E.

J'efpère un meilleur fort. Vous changerez d'idée.
L'efpérance, en mon cœur, en eft jufte & fondée.
Vous ne nous quittez pas?

A L C E S T E.

                    Je ne vous quitte pas !
Je porterai fi loin ma franchife & mes pas
Qu'enfin je trouverai pour eux un fûr afyle.
Morbleu ! grace au deftin qui de ces lieux m'exile,
Je veux voir une fois fi ce vafte univers
Renferme un petit coin à l'abri des pervers :
Ou fi j'aurai la preuve effrayante & certaine
Que rien n'eft fi méchant que la nature humaine.

PHILINTE *ricanant.*

Allons... appaifez-vous. Vous n'êtes pas changé ;
Et fi je puis, ici, former un préjugé
Sur un deffein fi prompt & fur votre colère,
Nous pourrons aifément arranger votre affaire.
On la diroit terrible, à voir votre courroux ;
Mais je m'en vais gager, cher Alcefte, entre nous,
Que ce nouveau défaftre eft au fond peu de chofe.

A L C E S T E.

C'eft un amas d'horreurs ; dans l'effet, dans la caufe.
Et vous déja, Monfieur, qui me défefpérez,
Qui jugez de fang-froid ce que vous ignorez,

Voyez s'il fut jamais une action plus noire,
Que le trait... attendez; avant que cette histoire,
Qui fera pour notre âge un éternel affront,
Vous fasse, ici, dresser les cheveux fur le front,
Attendez qu'à Dubois je donne en diligence
Un ordre assez pressant & de grande importance.
Dubois!

SCENE V.

ELIANTE, DUBOIS, ALCESTE, PHILINTE.

DUBOIS.

Monsieur.

ALCESTE.

Va-t-en chercher un Avocat
Pour tenir mes papiers & mes biens en état.
Je ne veux plus du mien. Cours.

DUBOIS.

Monsieur!...

ALCESTE.

Va, te dis-je.

DUBOIS.

Où donc ?

ALCESTE.

Où je te dis.

DUBOIS.

Je ne fais....

ALCESTE.

Quel vertige !

N'entens-tu pas ?

DUBOIS.

J'entens.

ALCESTE.

Vas donc.

DUBOIS.

En quel endroit ?

ALCESTE.

Où tu voudras.

DUBOIS.

Monfieur; mais encor....

ALCESTE:

Maladroit,

Je te dis de m'aller chercher & tout-à-l'heure,
Un Avocat.

DUBOIS.

Fort bien...

ALCESTE.

Pars donc.

DUBOIS.

Mais fa demeure.

ALCESTE.

Sa demeure eft le lieu que choifiront tes pas.
Prends le premier venu. Cours; ne t'informe pas

Ce qu'il eſt, ce qu'il fait, ni comment il ſe nomme,
Vas: du hazard lui ſeul j'attends un honnête homme.

DUBOIS.

Allons.

(Il ſort.)

SCENE VI.

ELIANTE, ALCESTE, PHILINTE.

PHILINTE ricanant.

Y PENSEZ-VOUS? Peut-on, de bonne foi,
Charger un inconnu, mon cher, d'un tel emploi?
Et pour trouver un homme exaĉt, plein de droiture,..

ALCESTE.

Vraiment, je riſque fort d'aller à l'aventure.

PHILINTE.

Mais...

ALCESTE.

Comme ſi tous ceux que je pourrois choiſir
Ne ſe prétendroient pas formés à mon deſir?
Et que le plus fripon ne ſoit, par ſon adreſſe,
Réputé le héros de la délicateſſe?

PHILINTE.

Mais il faudroit encor, pour livrer votre bien,
De votre prépoſé connoître d'abord....

ALCESTE.

Rien.

Je veux un honnête homme, il est bien vrai, Philinte;
Mais je ne l'attends pas, à vous parler sans feinte,
Même en sortant ici de l'usage commun;
Et c'est un coup du Ciel, s'il peut m'en tomber un.

PHILINTE.

Cependant...

ALCESTE.

Vos discours sont perdus, je vous jure.
Voulez-vous écouter ma fâcheuse aventure?

PHILINTE.

Voyons donc.

ALCESTE.

Quand l'hymen vous unit tous les deux,
J'allai m'ensevelir dans un désert affreux....
Affreux? pour le méchant; pour la vertu, superbe!
L'homme avoit, en ces lieux, pour trésors une gerbe;
Pour faste, la santé; le travail, pour plaisirs,
Et la paix de ses jours pour uniques desirs.
Grace au Ciel! dans ce lieu sauvage & solitaire,
Parmi de bons vassaux je trouvois ma chimère;
Douce pitié, candeur, raison, franche gaîté,
L'ignorance des maux, & l'antique bonté.
Mais qu'elle dura peu, cette charmante vie!
En un jour, la discorde & le luxe & l'envie,
Les desirs corrupteurs & l'avide intérêt,
Et les besoins parés de leur perfide attrait,
Avec un parvenu, turbulent personnage,

Vinrent, en s'y logeant, troubler mon voisinage.
Vous vous doutez fort bien, à cette invasion,
Des rapides progrès de la contagion ?
Le bonheur déserta... Je tais les brigandages,
Qui vinrent assaillir nos paisibles ménages.
Je veux, dans le principe, effrayé de ces maux,
Maintenir, à la fois, la paix & mes vassaux.
Mais enfin, à l'appui d'un renom de puissance,
L'iniquité parut avec tant d'impudence,
Que j'oppose, en courroux, au front de l'oppresseur,
Le front terrible & fier d'un juste défenseur.
Le champ d'un villageois, son patrimoine unique,
Convient au parvenu, qui, de ce bien modique,
Veut agrandir un parc, je ne sais quel jardin,
Qui fatigue la terre & mon village. Enfin,
Il veut avoir ce champ ; on ne veut pas le vendre ;
Et voilà cent détours inventés pour le prendre.
Titres insidieux, procès, ruse, incidens,
Créanciers suscités, persécuteurs ardens,
Bruit, menaces, terreur & domestique guerre,
L'enfer est déchaîné pour un arpent de terre ;
Et moi, lâche témoin de ce crime inoui,
Je l'aurois enduré ! Je me suis réjoui
De braver les fripons & d'en avoir vengeance ;
Et faisant tête à tous, plaidant à toute outrance,
J'ai soutenu le foible ; & le foible vainqueur,
A conservé son bien. Alors, la rage au cœur,
Les traîtres ont tourné, contre moi, leurs machines,
Ils ont tant fait d'horreurs, tant fait jouer de mines,
Tant controuvé de faits, avec dextérité,
Que, je ne sais comment, je me vois décrété.

(Il montre un portefeuille.)

J'ai cent preuves, ici, de leur lâche conduite,
Et cependant il faut que je prenne la fuite.
La loi donne aux méchans son approbation ;
Et l'exil est le prix d'une bonne action.

ELIANTE.

Oui, sans doute, elle est bonne, Alceste ; je la loue,
Et des loix c'est en vain que le méchant se joue.
Avant peu, croyez-moi, vous aurez de l'appui.
Mon oncle de l'Etat est Ministre aujourd'hui,
Et son rang m'autorise à promettre, d'avance,
Que vos vils ennemis....

ALCESTE.

                    Qui, moi ? je l'en dispense.
De vos soins généreux je suis reconnoissant :
Mais la seule vertu doit garder l'innocent ;
Et j'aurois à rougir qu'une main protectrice
Redressât la balance aux mains de la Justice.

PHILINTE,

Mais il peut arriver....

ALCESTE.

                    Tout ce que l'on voudra :
Des Juges, ou de moi, voyons qui rougira.

PHILINTE.

Enfin....

ALCESTE.

    Et devant eux j'accuserois en face
Quiconque en ma faveur iroit demander grace.

                                        B

PHILINTE.

C'eſt tenir un diſcours dépourvû de raiſon.
Et ſi, par un effet de quelque trahiſon,
Des calomniateurs d'une voix clandeſtine
Ont ſuſcité l'arrêt, comme je l'imagine,
Il faut bien s'employer, avant d'être arrêté,
A ſe laver du fait qui vous eſt imputé.
La faveur eſt utile alors, & j'oſe croire....

ALCESTE.

Et peut-on m'alléguer d'iniquité plus noire,
Que ce jeu ténébreux & ces perfides ſoins,
Par leſquels, à l'appui de quelques faux témoins,
De l'homme le plus juſte, & ſans qu'il le ſoupçonne,
On peut, à tout moment, arrêter la perſonne?
A la perverſité dès-lors tout eſt permis,
Et tout homme eſt coupable, ayant des ennemis.
Ah! c'eſt trop écouter ces avis politiques.
La vérité répugne à ces lâches pratiques.
En ceci je n'ai fait que le bien. Oui, morbleu!
Je fais tête à l'orage; & nous verrons un peu,
Si l'on refuſera de me faire juſtice;
Juſtice? C'eſt trop peu. Je veux qu'on m'applaudiſſe.
Non, que ma vanité s'abaiſſe à recevoir
De l'encens pour un trait qui ne fut qu'un devoir;
Mais enfin, dans un ſiècle égoïſte & barbare,
Où le crime eſt d'uſage & la vertu ſi rare,
Je prétends qu'un arrêt, en termes ſolemnels,
Cite mon innocence en exemple aux mortels.

PHILINTE riant.

La méthode, en effet, ſeroit toute nouvelle.

ALCESTE.

En feroit-elle donc & moins jufte & moins belle?

PHILINTE.

Mais comment voulez-vous, obligé de partir?...

ALCESTE.

Mon bien refte ; & plutôt que de me démentir,
J'en emploîrai la rente & le fond, je vous jure,
A fauver à l'honneur une mortelle injure.
J'attends un Avocat, & je vais l'en charger.
Et vous, en ce moment, qui voulez m'obliger,
Par la protection d'un oncle que j'honore,
Que je connois beaucoup, j'ajoute même encore
Digne du noble pofte où j'apprends qu'on l'a mis ;
Gardez-vous, je vous prie, au moins, mes chers amis,
De fouiller, par vos foins, la beauté de ma caufe ;
S'il faut d'un tel crédit que votre main difpofe,
Que ce foit par clémence, ou pour aider des droits,
Que ne peut protéger la foibleffe des lois.

SCENE VII.

ELIANTE, ALCESTE, DUBOIS, PHILINTE.

ALCESTE.

Te voilà? Tu viens seul?

DUBOIS.

Ah! Monsieur, quel message!

ALCESTE.

Quoi donc?

DUBOIS.

Si vous saviez....

ALCESTE.

Parle sans verbiage.

DUBOIS.

Je n'aurois jamais cru, puisqu'il faut achever,
Monsieur, un Avocat si pénible à trouver.

ALCESTE.

En vient-il un enfin?

DUBOIS.

Donnez-vous patience.

ALCESTE.

Morbleu!..

D U B O I S.

Je viens, Monfieur...

A L C E S T E.

Et d'où ?

D U B O I S.

De l'audience,

A L C E S T E.

Hé bien ?

D U B O I S.

Vous m'avoûrez qu'en un femblable cas,
C'étoit un bon moyen d'avoir des Avocats ?

A L C E S T E.

Finis, bavard.

D U B O I S.

J'arrive en une grande falle.
J'entre modeftement, & fans bruit, fans fcandale,
Parmi vingt pelotons d'hommes noirs, d ucement
J'adreffe à l'un d'entre eux mon petit compliment.
Il avoit un grand air, une attitude à peindre ;
Il m'a bien écouté ; je ne peux pas me plaindre.

A L C E S T E.

Abrège, impertinent.

D U B O I S.

Là, fans faire le fot,
Ce que vous m'avez dit, je l'ai dit mot à mot.
Que croiriez-vous, Monfieur ?...

B 3

ALCESTE
Parle.

DUBOIS.

Il s'est mis à rire.
Non, vraiment, comme j'ai l'honneur de vous le dire,
A tous ses compagnons d'un & d'autre côté,
Il m'a conduit lui-même avec civilité;
Et, dans moins d'un instant, autour de moi, sans peine,
Au lieu d'un Avocat j'en avois la centaine.
A trente questions j'ai fort bien répondu,
Et de rire toujours. Du reste, tems perdu;
Nul n'a voulu venir.

ALCESTE.

Comment, Maraud !...

DUBOIS.

De grace,
Attendez un moment. Alors, d'une voix basse,
L'un des rieurs m'a dit: » Mon ami, voyez-vous
» Cet homme seul, là-bas, qui lit ? C'est, entre-nous,
» L'homme qui vous convient. Abordez-le. » J'y vole,
C'est un homme assez mal vêtu; mais la parole
Il la possède bien, si je peux en juger.
Bref, nous sommes d'accord; & pour vous obliger,
Il va venir ici; j'ai dit votre demeure;
Et vous allez le voir, Monsieur, dans un quart d'heure.

SCENE VIII.

ELIANTE, ALCESTE, PHILINTE.

PHILINTE.

JE vois, à son discours bien circonstancié ;
Qu'un homme de rebut va vous être envoyé.

ALCESTE.

Qu'importe ?

PHILINTE.

Un ignorant, & quelque pauvre hère.....

ALCESTE.

Que mon opinion de la vôtre differe !
Car il me plaît déja.

PHILINTE *riant.*

Je n'en suis pas surpris.

ALCESTE.

Hé ! mon Dieu, laissez donc vos sarcasmes, vos ris.
Rentrons. Je suis à vous, Madame, à l'instant même.

(*Eliante sort.*)

Et vous, Monsieur, malgré la répugnance extrême,
Que pour un homme pauvre, ici, vous faites voir,

B 4

Sachez que , dans un tems si funeste au devoir,
Où rien n'enrichit mieux que le crime & le vice,
La pauvreté souvent est un heureux indice.

Fin du premier Acte.

ACTE II.

SCÈNE PREMIÈRE.

DUBOIS, L'AVOCAT.

DUBOIS.

Mon maître est sur mes pas : bientôt vous l'allez voir.
Mais, Monsieur l'Avocat, voulez-vous vous asseoir?

L'AVOCAT.

Non ; car je suis pressé. Retournez, je vous prie,
Comme, dans ce moment, le tems me contrarie ;
Dites à votre maître, en grace, de hâter
L'entretien qu'il demande.

DUBOIS.

Oui, je vais l'exciter
A venir....

(Il va & revient.)

Voyez-vous ; certain tracas l'assomme....
Mais vous serez content ; car c'est un honnête homme.

(Il sort.)

SCÈNE II.

L'AVOCAT, seul.

JE ne peux retarder un si preſſant ſecours.
Dans deux heures d'ici, j'ai rendez-vous ; j'y cours;
Et ſi l'on me procure une prompte audience,
Mon fripon n'aura pas tout le ſuccès qu'il penſe.
Rien n'eſt tel qu'un fripon, pour démêler d'abord
Le front d'un honnête homme. Et quelque grand effort
Que j'aie, à ſon aſpect, pu faire ſur moi-même,
Le fourbe a démêlé ma répugnance extrême.
Sa lettre me le prouve. Il eſt aiſé de voir,
Que, ſi je ne me hâte, il trompe mon eſpoir.
Juſques au moindre mot, ſi je l'ai bien compriſe,
Tout y montre ſon but.... Mais que je la reliſe.

(Il lit la lettre d'une manière lente, bien articulée
& réfléchie.)

» Après tout ce que je vous ai dit, hier,
» Monſieur l'Avocat, je ne vois pas pourquoi
» vous n'avez pas déja fait choix d'un Procu-
» reur qui comprenne & hâte comme il faut
» notre affaire. J'arriverai demain au ſoir (au-
» jourd'hui) de Verſailles à Paris. Si, dans la
» journée, vous n'avez pourvu à cela, pour
» contraindre, ſans retard, le Comte de Valan-
» cés au payement de ſon billet, & d'une ma-
» nière convenable à bien lier ce Comte de

« Valancés, il faudra chercher d'autres moyens.
» Je suis votre serviteur. ROBERT. «

(Il ploye la lettre & la serre.)

Ah ! fourbe dangereux ! Robert, Monſieur Robert,
Dans les crimes adroits vous êtes un Expert.
Mais je vous préviendrai, pour peu qu'on me feconde.
On vient... Çà, pour remplir l'eſpoir où je me fonde,
Dépêchons....

SCÈNE III.

DUBOIS, ALCESTE, L'AVOCAT.

ALCESTE.

Hé ! Dubois !... fors ; & fais qu'un moment,
On me laiſſe tranquille en cet appartement.

(Dubois fort.)

SCÈNE IV.

ALCESTE, L'AVOCAT.

ALCESTE.

Aux périls du haſard, Monſieur, fans vous connoître,
Je vous fais appeller, & j'ai bien fait peut-être ;
Car ſi tout votre aſpect eſt un parfait miroir,
Vous êtes honnête homme, autant que je puis voir.

L'AVOCAT.

Monfieur...

ALCESTE.

Ne croyez pas qu'ici je m'en informe ;
De telles queftions font toujours pour la forme ;
Et c'eft dans le travail que je vais vous livrer,
Que je verrai, de vous, ce qu'il faut augurer.

L'AVOCAT.

N'attendez pas non plus, Monfieur, que je m'épuife
A vous perfuader fur ma grande franchife.
Dès le premier abord, deux hommes ont le droit
De fe juger entre eux fur ce que chacun croit,
C'eft l'ufage au furplus. Je fais ce que je penfe ;
Et je n'arrache pas, Monfieur, la confiance.

ALCESTE.

Vous me plaifez ainfi. Venons au fait. Exprès....

L'AVOCAT.

Avant de me mêler, Monfieur, à vos fecrets,
Apprenez-moi s'il faut, fans délai, ni remife,
Dans quelque objet preffant prêter mon entremife ?

ALCESTE.

Dans ce jour, tout-à-l'heure, à l'inftant.

L'AVOCAT.

Je ne puis

M'en charger.

ALCESTE.

Savez-vous en quel état je fuis,

Monſieur? Et pouvez-vous, dans une telle affaire,
Sans trahir les devoirs de votre miniſtère,
Me refuſer les ſoins que j'implore de vous?
C'eſt une iniquité.

L'AVOCAT.

    Calmez votre courroux;
A de nouveaux devoirs chaque fois qu'on m'appelle,
J'y vole avec plaiſir, je puis dire avec zèle,
Et c'eſt pour le prouver que je me trouve ici.
Tous ceux que j'entreprends, je les remplis. Auſſi
Quand l'eſprit d'une affaire, ou mon tems m'en éloignent,
Il n'eſt point de motif ni de loi qui m'enjoignent
De me charger, ſans choix, de ſoins embarraſſans,
Pour négliger alors les plus intéreſſans.

ALCESTE.

L'affaire qui me touche eſt preſſée, importante;
Arrivé cette nuit, je pars demain. L'attente
Peut être dangereuſe.

L'AVOCAT.

    Une même raiſon
Dans deux heures au plus m'appelle en ma maiſon.

ALCESTE.

Ah! Monſieur, eſt-ce donc la chaleur noble & forte
Qui devroit animer les gens de votre ſorte?

L'AVOCAT.

Mais, Monſieur...

ALCESTE.

   On devroit, par une expreſſe loi,

Défendre à l'Avocat de difposer de foi.

L'AVOCAT.

Je fuis flatté, vraiment, de cette préférence
Qui vous fait...

ALCESTE.

Vous avez gagné ma confiance,
Et c'eft en abufer.

L'AVOCAT.

De grace, différons...

ALCESTE.

Mais vous prendrez ma caufe, ou parbleu ! nous verrons.

L'AVOCAT.

Monfieur, daignez m'entendre ; & loin que ces murmures
Puiffent dans mon efprit paffer pour des injures,
Loin de m'en offenfer, peut-être ce courroux
Détermine, à l'inftant, mon eftime pour vous.
Et, s'il faut en donner une preuve certaine,
Apprenez feulement le motif qui m'enchaîne,
Et qui, pour quelques jours, du moins pour aujourd'hui,
M'empêche, à vos defirs, de prêter mon appui.

(Avec chaleur.)

Vous allez décider du zèle qui me pouffe,
Et fi c'eft juftement que Monfieur fe courrouce,
Quand je refufe un tems que je viens d'engager,
Pour parer, fans retard, au plus preffant danger.

ALCESTE.

Voyons, Monfieur... ce ton me frappe & m'intéreffe,

L'AVOCAT.

Je tais dans mon récit, & par délicatesse,
Les noms des deux acteurs d'un obscur démêlé,
Où l'un est le voleur & l'autre le volé ;
Car j'ignore après tout quelle en sera la suite.
Un homme, à moi connu par sa lâche conduite,
Sans probité, ni mœurs, un homme qu'autrefois
Je sauvai par pitié de la rigueur des lois,
Qui n'eut jamais de bien, ni de ressource honnête,
Avant-hier vient à moi, me dit en tête à tête
Qu'une somme montant à deux cent mille écus,
Portée en un billet, en termes bien conçus,
Est dûe à lui parlant. La signature est vraie,
J'en suis sûr, & voilà, Monsieur, ce qui m'effraie ;
La dette ne l'est pas : je vais vous le prouver.

ALCESTE.

O grand Dieu !...

L'AVOCAT.

Cependant, je ne sais où trouver
L'homme trop confiant qui signa ce faux titre,
Que je tiens en mes mains, sans en être l'arbitre.

ALCESTE.

Mais vous savez le nom de ce Monsieur ?

L'AVOCAT.

D'accord.
J'ai demandé, cherché, couru partout d'abord ;
On ne sait quel il est ; deux jours n'ont pu suffire,
Et le fripon adroit refuse de m'instruire,
Jusqu'à ce qu'un éclat, finement ménagé,

Me tienne en un procès à fa caufe engagé.

ALCESTE.

C'eft un grand malheureux.

L'AVOCAT.

Il fe repent, fans doute,
De m'en avoir trop dit, & veut changer de route.

ALCESTE.

Le traître !

L'AVOCAT.

Écoutez-moi, Monfieur ; vous allez voir
La parfaite évidence en un crime fi noir.
Je dis crime à la lettre, & je n'en veux de preuve
Qu'un feul trait du fripon pour me mettre à l'épreuve.
Car, me voyant enfin quelque peu foupçonneux,
Après certains détails &.... même des aveux ;
Pour fe faire appuyer à pourfuivre fon homme,
Il m'ofe offrir un tiers pour ma part dans la fomme.
J'ai caché devant lui mon indignation,
Et gardé le filence en cette occafion,
Pour fauver, s'il fe peut, d'une ruïne fûre
Un homme, qui fans doute à cette fraude obfcure
Ne s'attend nullement, non plus qu'à fon malheur,
Et croit n'avoir figné qu'un titre fans valeur,
Quelque fimple mandat ou bien quelque quittance.

ALCESTE.

Vous me faites frémir. En cette circonftance,
Que ne dénoncez-vous foudain au Magiftrat
La manœuvre & le cœur d'un pareil fcélérat ?

L'AVOCAT.

L'AVOCAT.

Eh ! Monfieur, en ceci, ma certitude intime,
Suffit-elle à la loi, pour attefter le crime ?
Cette loi le protège ; & je crains, aujourd'hui,
De le forcer lui-même à s'en faire un appui.
Contraint par le péril à plus d'effronterie,
Il foutiendroit l'éclat de cette fourberie ;
Et de ce mauvais pas, en procès converti,
L'opprimé ne pourroit tirer aucun parti.

ALCESTE.

Que ferez-vous, Monfieur ? Je vous vois fort en peine.

L'AVOCAT.

Il me refte à trouver la demeure certaine
De l'homme que menace un femblable billet.
Le fripon eft rufé ; ma lenteur lui déplaît ;
J'ai peur que de ma main bientôt il ne retire
Son titre frauduleux... Je n'ai rien à lui dire ;
A des gens moins au fait, moins délicats que moi,
Ce billet peut paffer ; & dans ce cas, je voi
De fort grands embarras.

ALCESTE.

           Quelle eft votre reffource ?
Ne puis-je vous aider de mes foins, de ma bourfe ?
Car fur votre récit je me fens en courroux,
Et je prends à l'affaire intérêt comme vous.

L'AVOCAT.

Monfieur,... un homme en place,... un Miniftre propice,
Qui, fans bruit, fans éclat, fans forme de Juftice,

C

Manderoit devant lui le fauſſaire impudent,
Pour éclaircir le fait d'un ton ſage & prudent,
A prévenir le coup réuſſiroit peut-être.
Je n'héſiterois pas, en ce cas, à paroître.
A mon aſpect lui ſeul, le fourbe confondu,
Tout rempli d'épouvante & ſe croyant perdu,
Se trouveroit ſans voix, ſans détours, ſans défenſe,
Et l'aveu de ſon crime obtiendroit la clémence.

ALCESTE.

Fort bien imaginé!... Je peux vous y ſervir.

L'AVOCAT.

Inconnu, ſans crédit, je ne peux réuſſir
Dans ce projet ſenſé, mais dangereux peut-être,
Si ſans ménagement je me faiſois connoître.
On m'en promet ce ſoir un moyen poſitif.
J'ai rendez-vous bientôt pour ce preſſant motif;
Et voilà les raiſons qui m'empêchent de prendre
Tous les ſoins que, de moi, vous aviez droit d'attendre.

ALCESTE, (vivement.)

Ne parlons plus de moi; c'eſt pour un autre jour.
Nous nous verrons. Je ſonge à votre heureux détour,
Pour confondre un méchant... J'ai, je crois, votre affaire.

L'AVOCAT.

Vous, Monſieur?

ALCESTE.
Grand crédit, auprès du Miniſtére.

L'AVOCAT.

Eſt-il poſſible? Vous!

ALCESTE.

Non pas moi: mes amis.

L'AVOCAT.

Quelle rencontre!

ALCESTE.

Allez où vous avez promis,
Et revenez, Monſieur, s'il ſe peut, dans une heure.
Je ne ſortirai pas, & pour vous je demeure;
Écrivez votre adreſſe, ici, pour achever;
Car les gens tels que vous ſont rares à trouver.
Dubois!

SCENE V.

ALCESTE, L'AVOCAT, DUBOIS.

ALCESTE, *à Dubois qui entre.*

Servez Monſieur.

(*A l'Avocat.*)

Je vole à l'inſtant même
Vous chercher un appui dans votre ſtratagême;
Que vous me comblez d'aiſe en vos ſoins obligeans!
Ah! grâce au Ciel! il eſt encor d'honnêtes gens!

(*Il ſort.*)

SCENE VI.

DUBOIS, L'AVOCAT.

DUBOIS.

QUE faut-il à Monfieur?

L'AVOCAT.

Papier, plume, écritoire.

DUBOIS.

Je comprends. Vous allez barbouiller du grimoire;
Et nous n'en fommes pas quittes de ce coup-ci.
Nous en avons reçu notre faoul, Dieu merci!
Je comptois, chaque jour, fur un paquet énorme,...
Et toujours on difoit: » Monfieur, c'eft pour la forme.«

L'AVOCAT.

Hâtez-vous, je vous prie.

DUBOIS.

Ah! pardon.

(*Il va & revient.*)

Croyez fort

Que je ne penfe pas que vous ayez grand tort.
Lorfque les chicaneurs, que Dieu puiffe confondre!
Vous attaquent; vraiment, il faut bien leur répondre;
Rendre guerre pour guerre & papier pour papier.
A qui la faute? à vous? non pas. C'eft au métier.

L'AVOCAT.

Vous m'arrêtez ici, mon ami, donnez vîte.

DUBOIS.

Du papier? Vous allez en avoir tout de suite.

(Il va chercher du papier.)

L'AVOCAT, *à lui-même.*

A ce nouvel appui me serois-je attendu?
Que je me sais bon gré de m'être ici rendu!
Cet homme m'a fait voir une âme non commune.

DUBOIS, *revenant.*

Pardon, encore un coup, si je vous importune;
Je ne puis vous servir, Monsieur, à votre gré!
Vous écrivez toujours sur du papier timbré,
Et nous n'en ayons pas.

L'AVOCAT.

Eh! non : en diligence,
Donnez-m'en quel qu'il soit.

DUBOIS, *s'en allant.*

C'est une différence.

L'AVOCAT.

A cet air de candeur, je vois de ce côté,
Pour aller à mon but, plus de célérité.
Quel zèle véhément!...

DUBOIS *apportant ce qu'il faut pour écrire.*

Voici sur cette table,
Ce qu'il vous faut, Monsieur.

C 3

(L'Avocat écrit, & Dubois un peu éloigné continue.)

Quel procès détestable!
Nous suivra-t-il par-tout?... jugez donc! de courir
Trente postes, au moins, sans pouvoir en sortir.
J'aimerois mieux, je crois, faire une maladie;
On guérit, ou l'on meurt.

L'A V O C A T, *de sa table.*

Dites-moi, je vous prie,
Le nom de votre maître.

D U B O I S.

Oui-dà... je ne sais point
Tous ses titres.

L'A V O C A T.

Son nom? C'est assez de ce point.

D U B O I S.

Monsieur Jérôme Alceste.

(L'Avocat écrit.)

L'A V O C A T.

Il suffit.

(Il se léve.)

Sans remise,
Vous rendrez à Monsieur mon adresse précise.

D U B O I s.

Il l'aura dans l'instant.

(L'Avocat sort.)

SCENE VII.

DUBOIS, ALCESTE, PHILINTE.

DUBOIS, *à part, mais haut à l'Avocat qui sort.*

Il faut la lui porter ?

PHILINTE, *en entrant à Alceste.*

Vous prenez donc plaisir à m'impatienter ?

DUBOIS *à Alceste.*

Monsieur ?

ALCESTE.

Que me veux-tu ?

DUBOIS *donnant l'adresse.*

Voilà...

ALCESTE, *la prenant.*

Sors & me laisse.

(*Dubois sort.*)

SCÈNE IX.

ALCESTE, PHILINTE.

ALCESTE.

Vous vous en chargerez, j'en ai fait la promeſſe.

PHILINTE.

J'en ſuis fâché pour vous : mais je promets bien, moi,
De ne pas m'en mêler. Alceſte, en bonne foi,
N'eſt-il donc pas étrange & même ridicule,
Juſques à cet excès de pouſſer le ſcrupule ?
Et que vous regardiez comme un devoir formel,
Ce zèle impatient & plus que fraternel,
Qui vous fait, ſans réſerve, avec tant d'imprudence,
Offrir à tout venant votre prompte aſſiſtance ?
Sur ce pied, vous aurez de l'occupation :
Et vous en trouverez ſouvent l'occaſion.

ALCESTE.

Pas tant que je voudrois ; & , quelque bien qu'on faſſe,
C'eſt peu, ſi d'un bienfait on ne choiſit la place ;
Mais quand l'homme d'honneur vient pour vous implorer,
Lui refuſer la main, c'eſt ſe déshonorer.
Et c'eſt ici ſur-tout, dans cette affaire même,
Que vous allez aider la probité ſuprême.
Mon Avocat m'enflamme ! Et, bien que de mon cœur
Je faſſe un jugement, digne en tout de l'honneur ;
Fort au deſſus de moi je tiens cet honnête homme,

D'autant plus élevé que moins on le renomme.
Et quel êtes-vous donc, si ce que j'en ai dit,
Si l'horreur du forfait dont j'ai fait le récit,
Si le péril touchant de l'homme qu'on friponne,
Toute étrangère enfin que nous soit sa personne,
Ne vous émeuvent point, vous laissent endurci,
Jusques à refuser le peu qu'il faut ici?
Car de quoi s'agit-il, Philinte, au bout du compte?
Qu'un oncle qui vous aime & qui vous a fait Comte,
Un oncle, homme de bien, qui, j'en suis assuré,
D'une bonne action, pour lui, vous saura gré,
Que cet oncle, en un mot, fasse, à votre prière,
Un acte généreux facile & nécessaire?
Ah! lorsque je compare à votre grand pouvoir
Cette facilité, le fruit d'un tel devoir,
Je ne saurois, morbleu! me mettre dans la tête,
Que vous puissiez avoir la moindre excuse honnête.
Refusez. Je vous compte avec ces inhumains,
Qui d'un bienfait jamais n'ont honoré leurs mains,
Et qui, sur cette terre, en leur lâche indolence,
La fatiguent du poids de leur froide existence.

                P H I L I N T E.

De ce feu véhément, unique en ses excès,
N'attendez, n'espérez, Alceste, aucun succès.
Le devoir....

            A L C E S T E.
    Un refus?

        P H I L I N T E.
                Clair & net, je vous jure,

            A L C E S T E.
Adieu: votre amitié me seroit une injure,

PHILINTE.

Écoutez, s'il vous plaît...

ALCESTE.

Hé! que me direz-vous,
Pour excuſer l'horreur?...

PHILINTE.

Oh! s'il faut du courroux,
Et ſortir hors des gonds, à ſon tour, pour répondre,
On aura de l'humeur & de quoi vous confondre.
J'entends, je vois, je ſens l'objet dont il s'agit,
Et par tous ſes côtés, & dans tout ſon eſprit.
Mais faut-il pour cela, ſuivant votre marotte,
Dans les événemens faire le Dom Quichotte?
Un homme eſt malheureux; auſſi-tôt tout en pleurs,
Jettez-vous comme un ſot à travers ſes malheurs,
Et, pour prix de vos ſoins & de votre entremiſe,
Vous aurez votre part du fruit de ſa ſottiſe.
Oui, ſottiſe; ſouvent: oui, Monſieur; & du moins,
Je vois qu'elle eſt ici claire dans tous les points.
L'homme imprudent pour qui votre cœur ſollicite,
Dans ſon revers fâcheux n'a que ce qu'il mérite.
Un fripon trouve un ſot; &, par un lâche abus,
Lui ſurprend un billet de deux cent mille écus;
Tant pis pour le perdant! il paira ſes mépriſes:
Car on ne fit jamais de pareilles ſottiſes.

ALCESTE.

Ne ſe trompe-t-on pas? & n'eſt-on pas trompé?

PHILINTE.

Non, jamais à ce point.

ALCESTE.

Avez-vous échappé,
Vous, Monsieur, constamment, toujours, à l'imposture?

PHILINTE.

Toujours. Et si jamais, mon cher, je vous le jure,
On me surprend avec cette dexterité,
Je ne m'en plaindrai pas ; je l'aurai mérité.

ALCESTE.

Mais cet homme est perdu ; ruiné, sans ressource.

PHILINTE.

Hé bien ! c'est un trésor qui changera de bourse.

ALCESTE.

Quelle horreur !

PHILINTE.

Mais pas tant, que vous l'imaginez.

ALCESTE.

Vous me faites frémir !

PHILINTE.

Ah ! frémir !.... devinez,
(Vous, Monsieur, qui savez la fin de toutes choses,)
Ce qu'il peut résulter des plus injustes causes.
Tout est bien.

ALCESTE.

Savez-vous que vous extravaguez ?

PHILINTE.

Tout est bien. Et le fait qu'ici vous alléguez

De cette vérité peut prouver l'évidence.
L'adresse avec succès a volé l'imprudence :
C'est un mal. Hé bien, soit. Que le vol soit remis ;
Le mal restera mal toujours ; il est commis.
Que le fripon triomphe ; il lui faut des complices,
Des agens, des suppôts : par mille sacrifices,
De mille parts du vol il sera dépouillé ;
Le trésor coule & fuit ; distribué, pillé,
Il se disperse : enfin, par un reflux utile,
La fortune d'un homme en enrichit deux mille.
Un sot a tout perdu, mais l'État n'y perd rien.
Ainsi j'ai donc raison de dire : Tout est bien.

ALCESTE.

O mœurs !

PHILINTE.

O clarté ! moi, je prêche ici...

ALCESTE.

Des crimes,

Je ne veux pas répondre à ces lâches maximes.
Vous fûtes mon ami...

PHILINTE.

Quand on se voit pressé.

ALCESTE.

J'en suis honteux pour vous.

PHILINTE.

Dites embarrassé.

ALCESTE.

Embarrassé ! grand Dieu !... Si sur votre paresse

Je ne jettois l'affront que vous fait votre adreſſe,
Si ces principes-là conduiſoient votre cœur,
Je ne vous verrois plus qu'avec des yeux d'horreur.
Et voilà donc comment les heureux de la terre
Savent ſe diſpenſer aujourd'hui de bien faire !
Tout eſt bien, dites-vous ? Et vous n'établiſſez
Ce ſyſtème accablant, que vous embelliſſez
Des ſeuls effets du crime & des couleurs du vice ;
Que pour vous diſpenſer de rendre un bon office
A quelque infortuné, victime d'un pervers.
Allez ! pour vous punir d'un ſi cruel travers,
Je ne voudrois vous voir qu'un inſtant en préſence
De cet infortuné réclamant la vengeance
Et du Ciel & des loix, au moment douloureux
Qu'il ſe verra frappé de ce coup déſaſtreux.
Ses cris, ſon déſeſpoir, ſa famille affligée,
Sa probité, peut être, à ſes biens engagée,
Verriez-vous tout cela d'un œil ſec & cruel ?

PHILINTE.

Je lui dirois : » Mon cher, votre état actuel,
Croyez-moi, chaque jour, eſt celui de mille autres.
Tel homme étoit ſans biens & s'enrichit des vôtres.
Vous les aviez, pourquoi ne les auroit-il pas ?
Rappellez la fortune & courez ſur ſes pas.
Quand vous l'aurez, craigniez qu'on ne vous la dérobe ;
Vous n'êtes qu'un atôme & qu'un point ſur le globe.
Voulez-vous qu'en entier il veille à votre bien ?
Il s'arrange en total ; « en total, tout eſt bien.

ALCESTE.

Non, je ne croyois pas, je dois enfin le dire,
Que là ſoif de mal faire allât juſqu'au délire.

Je ne fais plus quel mot pourroit être emprunté
Pour peindre cet excès d'infenfibilité,
Cet efprit de vertige & ces lueurs ineptes
Qui réduifent ainfi l'égoïfme en préceptes.
Tout eſt bien, infenfés ? Hé ! vous ne pouvez pas
Sans toucher votre erreur faire le moindre pas.
Tout eſt bien ? Oui fans doute, en embraffant le monde,
J'y vois cette fageffe éternelle & profonde,
Qui voulut en régler l'immuable beauté ;
Mais l'homme n'a-t-il point fa franche liberté ?
Ne dépend-il donc pas d'un impudent fauffaire,
De ne pas friponner ainfi qu'il veut le faire ?
Ne tient-il pas à vous de prêter votre appui
A l'homme infortuné qu'on ruine aujourd'hui ?
Ne tient-il pas à moi, fur un refus tranquille,
De vous fuir à jamais comme un homme inutile ?
Or, on peut faire, ou non, le bien comme le mal !
Si nous avons ce droit favorable ou fatal,
Dans ce que l'homme a fait, au gré de fon caprice ;
Or donc, tout n'eſt pas bien ; ou vous niez le vice ?
Parmi les braves gens, loyaux, fenfibles, bons,
Il faudroit donc auffi des méchans, des fripons,
Dans l'optimifme affreux que votre efprit époufe ?
De fa perfection la nature eſt jaloufe,
Sans doute, & c'eſt toujours le but de fes bienfaits.
Mais nous ne fommes pas comme elle nous a faits.
Moins nous avons changé, plus nous fommes honnêtes ;
Et je vous ai connu bien meilleur que vous n'êtes.
Laiffez ce faux fyftême à ces vils opulens,
Qui, jufques dans le crime, énervés, indolens,
Dans la mort de leur cœur fommeillent & repofent
Loin des maux qu'ils ont faits & des plaintes qu'ils caufent.

Eh! quoi! si tout est bien, à ce cri désastreux,
Que va-t-il donc rester à tant de malheureux,
Si vous leur ravissez jusques à l'espérance ?
Vous endurcissez l'homme à sa propre souffrance ?
Il alloit s'attendrir, vous lui séchez le cœur ?
Vous clouez le bienfait aux mains du bienfaiteur ?
Ah! je n'ose plus loin pousser cette peinture.
Pour le bien des humains & grace à la nature,
Aux erreurs de l'esprit la pitié survivra.
L'homme sent qu'il est homme; &, tant qu'il sentira
Que les malheurs d'autrui peuvent un jour l'atteindre,
Il prendra part aux maux qu'il a raison de craindre.
Quoi qu'il en soit enfin, voulez-vous m'obliger?
A servir ces gens-ci puis-je vous engager?
Solliciterez-vous votre oncle?

PHILINTE.

             Mais de grace,
Observez donc, Alceste.....

ALCESTE.

             Au fait. Le tems se passe;
Mon homme va venir. Répondez?

PHILINTE.

                Je ne vois...

ALCESTE.

Monsieur, le voulez-vous, pour la dernière fois?

PHILINTE.

Mais vous êtes pressant d'une étrange manière;
Il est mille raisons, qu'avec pleine lumière,

Je peux vous expofer: raifons fortes pour nous,
Mais on ne peut jamais s'expliquer avec vous.

ALCESTE.

Ah! jufte ciel! pourquoi , dans mon inquiétude,
Cherchois-je des amis , de qui l'ingratitude....

SCENE X.

ALCESTE, L'AVOCAT, PHILINTE.

ALCESTE, à l'Avocat, & vivement.

Venez. Voilà Monfieur, dont je vous ai parlé,
Qui peut finir d'un mot un fâcheux démêlé,
Qui fe dit mon ami, que l'égoïfme abufe
Jufques à fe parer d'une honteufe excufe,
Pour ne pas engager un oncle, fon foutien,
Miniftre généreux, vraiment homme de bien,
A fervir un projet auffi fimple qu'honnête.
A le perfuader je perds en vain la tête;
Sur fon âme intraitable & qu'à préfent je voi,
Prenez, fi vous pouvez, plus d'afcendant que moi.

L'AVOCAT.

Je ne puis d'aucun droit appuyer ma demande:
Et ma crainte pourtant ne fut jamais plus grande.
En fortant, j'ai trouvé, Monfieur, fur mon chemin,
Cet ami qui devoit me procurer demain
L'entretien & l'appui d'un homme d'importance;
Il remet à huit jours cette utile audience.

Le

Le tems fuit, le mal vole; & dans ses vils détours,
Le crime peut asseoir son succès en huit jours.
Je reviens vous conter cet accident funeste;
Car votre âme à présent est l'espoir qui me reste.

ALCESTE.

Hé bien! Philinte, hé bien!

L'AVOCAT, à Philinte.

Monsieur, je n'ose pas
Vous prier, à mon tour; mais de mon embarras
Si vous êtes instruit, comme vous devez l'être,
Un malheur aussi grand vous touchera, peut-être.
Peut-être, répandu dans un monde élevé,
Plus que Monsieur, d'hier seulement arrivé,
Plus que moi, qui n'ai pu rechercher quelque trace
Qu'auprès de quelques gens d'une moyenne classe;
Peut-être, dis-je, vous, Monsieur, vous connoîtrez
L'homme à qui l'on surprit ce billet. Vous verrez.

(Il tire son portefeuille, & fait mine de chercher le
billet.)

Je consens, sur la foi d'une exacte prudence,
A vous faire du tout entière confidence;
Vous allez voir....

PHILINTE.

Non, non, Monsieur; je ne veux pas
Pénétrer ces secrets: ils sont trop délicats.

L'AVOCAT.

Cependant....

PHILINTE.

Jugez mieux de ma délicatesse.

D

ALCESTE, *tendant la main.*

Mais, voyons....

PHILINTE, *le retenant.*

Non, mon cher; les gens dans la détresse
Ne sont pas satisfaits que des yeux étrangers
Pénètrent leurs besoins ainsi que leurs dangers.
La curiosité peut-être vous attire;
Mais si vous le lisez, soudain je me retire.

(*A l'Avocat, qui resserre son portefeuille avec une*
confusion douloureuse.)

Monsieur, sans me mêler, de fait, ni d'entretien,
Au péril qui ne doit me regarder en rien,
Je vous observerai qu'un homme raisonnable,
D'une honteuse affaire & fort désagréable,
Ne doit pas épouser les soins infructueux.
Et vous voyez déjà cet ami vertueux,
D'abord impatient jusqu'à l'étourderie
Par ce premier aspect d'une friponnerie,
Qui, graces au secours de la réflexion,
Vous éconduit vous-même en cette occasion.
Sagesse naturelle & louable....

ALCESTE.

J'enrage.
Je me sèche d'humeur à ce honteux langage.
Comble d'égarement des hommes vicieux,
De s'étayer du mal qui vient frapper leurs yeux,
De pratiquer ce mal, d'en être les apôtres,
Parce qu'il fut commis & pratiqué par d'autres!

PHILINTE.

Cet autre dont je parle, homme incroyable & prompt,

A fait ce qu'il faut faire & ce que tous feront.
Et, fans trop m'ériger en cenfeur; je demande
A Monfieur que voilà, dont la chaleur eft grande
Pour divulguer à tous, par excès de pitié,
Un fecret important qui lui fut confié,
Je demande, fi, vu le pofte qu'il occupe,
Il eft tout-à-fait bien, pour fauver une dupe,
Un fot, un mal-adroit, à lui très-inconnu,
De trahir le Client, fecrétement venu
Vers lui, dans cet efpoir & dans cette affurance
Qu'un Avocat ne peut tromper fa confiance?

ALCESTE, *en fureur*.

Vous tairez-vous, Philinte?.. Ah! c'en eft trop...grand Dieu!
Allons, il faut mourir; il n'eft point de milieu,
Quand on voit ces détours, ces défenfes fubtiles....
Oh, morbleu!.... c'eft ici le venin des reptiles....
Quoi! pour autorifer l'infenfibilité,
Blâmer la vertu même en fa fublimité!
Sachez donc....

L'AVOCAT, *avec dignité*.

Non, Monfieur; c'eft à moi de répondre
Au reproche étonnant qui ne peut me confondre.
Les difcours, je le vois, deviendroient fuperflus;
Quand on fent bien fon cœur, on ne difpute plus;
Et lorfqu'à cet excès l'efprit peut fe méprendre,
On doit fe retirer pour n'en pas trop entendre.

(*Il fort.*)

SCÈNE XI.

ALCESTE, PHILINTE.

PHILINTE, *fuivant de l'œil & avec dépit l'Avocat qui fort.*

Qu'est-ce à dire ?...ce ton...ces grands airs de vertu...

ALCESTE.

Il fait bien. Vous n'avez que ce qui vous est dû.
Raillez l'homme de bien, aimables gens du monde;
Il vous reste toujours cette trace profonde,
Ce trait défespérant, qui, dans vos cœurs jaloux,
Pour vous humilier s'enfonce malgré vous.
Adieu. N'attendez pas, Monfieur, que je vous prie.
Je vais voir Eliante; & fon âme attendrie
Deviendra notre appui. Par un lâche confeil,
Plus endurci toujours, à vous-même pareil,
Faites donc échouer cet efpoir qui me reste:
Et comptez bien alors fur la haine d'Alcefte.

Fin du fecond Acte.

ACTE III.

SCÈNE PREMIÈRE.

ELIANTE, PHILINTE.

PHILINTE.

Madame, comme vous, avec facilité,
Mon cœur fait exercer des actes de bonté.
Mais, pour des étrangers alors qu'on s'intéresse,
N'allons pas, s'il vous plaît, jusques à la foiblesse.

ELIANTE.

Appellez-vous ainsi ce zèle attendrissant,
Cette noble chaleur d'un cœur compatissant ?
Alceste m'a touchée ; & ses récits encore
M'offrent un vrai malheur, Monsieur, que je déplore.
Je tremble du danger que court un inconnu,
Comme si le pareil nous étoit survenu.
J'en suis vraiment émue. Oui, je sens...

PHILINTE.

                       Hé ! Madame,

Il faut si peu de chose à l'esprit d'une femme
Pour l'exalter d'abord, & montrer, à ses sens,
Jusques dans le péril des plaisirs ravissans.

D 3

Mais comme un rien l'anime, un rien la décourage,
Il faut sur cet objet réfléchir davantage :
Et sans doute, changeant & d'avis & de loi,
Vous serez la première à penser comme moi.

ELIANTE.

Dans vos opinions distinguez, je vous prie,
Le sentiment, Monsieur, de la bizarrerie ;
Vous me surprenez fort, en confondant ainsi
L'âme sensible & bonne & le cœur rétréci.
On doit peu s'y tromper, cependant : & je trouve
Un intérêt si vif dans l'effet que j'éprouve,
Dans mes sentimens vrais & bien appréciés
Je changerai si peu, quoique vous en disiez,
Qu'avec nouvelle instance, ici, je vous conjure
De satisfaire Alceste.

PHILINTE.

Oh ! non ; je vous le jure.

ELIANTE.

Allez trouver mon oncle.

PHILINTE.

Impossible.

ELIANTE.

Du moins,
Laissez à mes plaisirs l'embarras de ces soins.

PHILINTE.

Non, non, Madame, non. D'une affaire suspecte,
En aucune façon, détournée ou directe,

De grâce, obligez-moi de ne pas vous mêler.

ELIANTE.

Il suffiroit d'un mot.

PHILINTE.

C'est toujours trop parler,
Quand ce mot gratuit ne nous est pas utile.

ELIANTE.

Quoi, faut-il?...

PHILINTE.

Je le vois, votre esprit indocile
Feint de ne pas sentir ma solide raison,
Et l'intérêt commun de toute ma maison.
Cette feinte est sans doute une nouvelle adresse
Pour me contrarier & vous rendre maîtresse.
Hé bien, Madame, hé bien ! puisqu'il faut m'expliquer,
Sachez donc que tout homme est funeste à choquer,
Et le fourbe intriguant encore plus qu'un autre.
De quoi nous mêlons-nous ? Est-elle donc la nôtre,
Cette piteuse affaire, où, par cent ennemis,
Je verrois mon repos peut-être compromis ?
Du dangereux faussaire & de sa vile agence
Ne puis-je pas enfin exciter la vengeance ?
Je le dis à regret ; mais, malgré ses penchans,
Si l'on blesse les bons, épargnons les méchans ;
Leur courroux clandestin dure toute la vie.
Mais une autre raison forte, & qui me convie
Plus que toute autre encor à de fermes refus,
C'est que de sa faveur il faut craindre l'abus.
Quand on a du crédit, c'est pour nous, pour les nôtres ;

Qu'il faut le conserver, sans le passer à d'autres :
On n'en a jamais trop, pour que, de toute part,
On aille l'employer & l'user au hazard ;
Son affoiblissement n'arrive que trop vite ;
Vous voulez le rebours de tout ce qu'on évite.
Comme si la coutume en effet n'étoit pas,
Au lieu de porter ceux qu'on jette sur vos bras,
Pour si peu de crédit qui vous tombe en partage,
D'être prompt au contraire à prendre de l'ombrage
De toute créature & de tout protégé,
Par qui l'on pourroit voir ce crédit partagé,
Soit pour les détourner, ou pour le mettre en fuite,
Voilà sur quels motifs je règle ma conduite.
Je pense & vois le monde, & dis, de vous à moi,
Qu'il faut, pour vivre heureux, se replier sur soi.

ELIANTE.

Pouvez-vous ?...

PHILINTE, *séchement.*

Il suffit. Que notre ami s'emporte,
C'est en vain ; ma prudence est ici la plus forte :
De son prix, je le fais, il peut disconvenir :
J'agis au gré du monde, & je veux m'y tenir.

(*Il sort.*)

SCÈNE II.

ELIANTE, *seule.*

Je ne le vois que trop ; c'est ainsi que l'on pense.
En est-on plus heureux ? Quelle triste prudence,
De vouloir s'isoler, de se lier les mains,
Et d'étouffer son cœur au milieu des humains !
Vous avez tort, Philinte ! & je suis importune.
Mais ne pouvez-vous pas éprouver d'infortune ?
Et verriez-vous alors, d'un œil tranquille & doux,
Les hommes vous poursuivre ou s'éloigner de vous ?

SCÈNE III.

ALCESTE, ELIANTE.

ELIANTE.

Nous avons fait, Alceste, une vaine entreprise,
Je ne puis vous aider. Je suis femme & soumise,
Philinte a des raisons qui fondent son refus ;
Oui, j'avois trop promis. Mon esprit est confus...

ALCESTE.

Madame, sur vos soins, je ne forme aucun doute.
Allons, puisqu'on agit de la sorte, j'écoute

Le ſeul cri de mon cœur & ſon noble penchant.
Je vais trouver votre oncle ; oui , moi, moi, ſur le champ ;
Et, quelque riſque enfin que je coure moi-même
A me montrer à tous, quand un arrêt ſuprême
Menace dans ces lieux ma liberté....

ELIANTE, *alarmée.*

Comment!

Vous expoſer ainſi ?

ALCESTE.

Plus de retardement.
Si de mes ennemis la force m'environne,
Ils verront à quel prix je livre ma perſonne,
Et j'aurai le plaiſir d'ajouter cet affront
Aux mille autres encor imprimés ſur leur front,
Que j'éprouvai toujours leur noire violence,
Dans le moment précis d'un trait de bienfaiſance,
Il fera beau me voir, ſauvant un inconnu,
Par la main des méchans dans les fers détenu.

ELIANTE.

Nous ne permettrons pas que, par excès de zèle,
Vous couriez le danger....

ALCESTE.

La fortune cruelle
Peut diſpoſer de moi tout comme il lui plaira.
Votre oncle m'eſt connu, ſon cœur m'écoutera,
Et j'en obtiendrai tout; j'en ſuis ſûr, oui, j'y compte.
Je ſerois bien fâché d'épargner cette honte
Au traître de Philinte , à qui je ferai voir,
Malgré tous les périls, comme on fait ſon devoir.

ELIANTE.

Non, je vais le trouver....

ALCESTE.

Remontrance inutile.

ELIANTE.

Attendez....

ALCESTE.

Il verra que le bien est facile
Au cœur qui veut le faire.

ELIANTE.

Alceste, réprimez....
Voyons encor Philinte... Ah Dieu !... vous m'alarmez.

(*Elle sort avec promptitude.*)

SCENE IV.

ALCESTE, *seul.*

QU'IMPORTENT mes dangers ? Je tente l'aventure.
Oui, je vais demander des chevaux, ma voiture.
Mon honnête Avocat avec moi peut venir,
En deux heures de tems je lui fais obtenir,...

SCENE V.

ALCESTE, LE PROCUREUR.

ALCESTE.

Que vous plaît-il, Monsieur?

LE PROCUREUR.

C'est à vous, je présume,
Qu'en vertu de mon titre & suivant la coutume,
Il faut que je m'adresse, en cette occasion,
Monsieur, pour un billet dont il est question?

ALCESTE.

Un billet?

LE PROCUREUR.

Oui, Monsieur; constituant la somme
De deux cent mille écus.

ALCESTE.

Ah! — C'est un honnête homme,
Dont je fais très-grand cas, qui vous envoye ici?

LE PROCUREUR.

Précisément.

ALCESTE.

Il faut.....

LE PROCUREUR.

Le payer.

ALCESTE.

Qu'eſt ceci?

LE PROCUREUR.

C'eſt un billet, Monſieur, qu'il faut payer ſur l'heure.

ALCESTE.

Qui? moi?

LE PROCUREUR.

Vous; n'eſt-ce pas ici votre demeure?

ALCESTE.

Oui; qui donc êtes-vous, Monſieur, à votre tour?

LE PROCUREUR.

Je me nomme Rolet, Procureur en la Cour.

ALCESTE.

N'eſt-ce pas pour l'affaire importante & preſſée,
Qui de mon Avocat occupe la penſée?
Et ne s'agit-il pas d'un billet clandeſtin,
Dont ce Monſieur Phœnix m'a parlé ce matin?

LE PROCUREUR.

Oui, Monſieur. Ce billet, ou bien lettre de change,
Au gré de ma partie en mes mains paſſe & change.
Maître Phœnix n'eſt plus chargé de ce billet;
Et c'eſt moi qui pourſuis le paîment, s'il vous plaît.

ALCESTE.

Quoi donc? Mon Avocat, de cette grande affaire....

LE PROCUREUR.

Ne se mêlera plus, & n'a plus rien à faire.
C'est moi qui, mieux que lui, soigneux & vigilant,
Me saisis de la cause; &, grace à mon talent,
L'effet sera payé, croyez-en ma parole,
Sans quartier, ni retard, ni grace d'une obole.

ALCESTE.

Seroit-il bien possible ?

LE PROCUREUR, *avec importance*.

Et j'ai des amis chauds.

ALCESTE.

Mais savez-vous, Monsieur, que ce billet est faux?

LE PROCUREUR, *faisant le courroucé*.

Qu'est-ce à dire? Et quels sont ces discours illicites!
Prenez grade, Monsieur, à ce que vous me dites.
Il y va de bien plus que vous ne le pensez,
A tenir devant moi ces discours insensés,
Il y va de l'honneur. Comment! une imposture?
Il est faux? Et peut-on nier la signature?

ALCESTE.

Qu'importe à ce billet, comme à sa fausseté,
La signature enfin, avec sa vérité?

LE PROCUREUR.

Ah! vous en convenez, même après ce scandale?

Vous la confessez vraie, exacte, originale ?
Ah ! je suis enchanté de voir, par ce détour,
A qui j'ai, pour le coup, affaire dans ce jour !
Je ne m'étonne plus de cette négligence
De ce Maître Phœnix à commencer l'instance.
Digne & belle action d'un homme délicat !
Il s'en charge en secret, & c'est votre Avocat !
Prévarication ! collusion perfide !
Mais vous avez en tête un Procureur rigide ;
Un homme, grâce au Ciel, pour ses mœurs renommé,
A poursuivre la fraude, en tout, accoutumé,
Qu'on ne corrompra pas, dont le regard austère
A la mauvaise foi ne laisse aucun mystère.

ALCESTE, *furieux*.

Impudent personnage, as tu bientôt fini ?
Je ne sais qui me tient que tu ne sois banni
Loin de moi, par mes gens, & selon tes mérites.

LE PROCUREUR.

Violence ?... Monsieur, l'affaire aura des suites.

ALCESTE.

Sors ; redoute l'excès de toute ma fureur.

LE PROCUREUR, *çà & là, effrayé*.

Guet à pens, & déni d'un billet ? quelle horreur !

ALCESTE.

Ton billet ?... ah ! plutôt que ta friponnerie
Tire le moindre gain de cette sourberie,

Rien ne me coûtera pour ta punition,
Et j'y facrifirai, s'il faut, un million.

LE PROCUREUR.

Tant mieux !... Nous allons voir fi c'eft ainfi qu'on ofe
Infulter, outrager, dans la plus jufte caufe,
Un homme, comme moi, d'honneur, de probité.

ALCESTE, *hors de lui.*

Dubois ! Germain ! Picard !...

SCENE VI.

ALCESTE, DUBOIS, LE PROCUREUR, LAQUAIS.

ALCESTE, *à fes gens.*

Avec célérité,
Sans pitié, chaffez-moi cet homme, tout-à-l'heure ;
Et qu'il ne puiffe plus fouiller cette demeure.

(*Les Laquais avancent fur le Procureur.*)

LE PROCUREUR, *effrayé.*

Monfieur !... Monfieur !...

SCENE

SCENE VII.

ALCESTE, PHILINTE, DUBOIS,
LE PROCUREUR, LAQUAIS.

PHILINTE, *accourant.*

EH BIEN! quel est donc ce fracas?

LE PROCUREUR, *l'implorant.*

Monsieur !... Monsieur !...

PHILINTE.

Que vois-je? Et quels fâcheux éclats!

(*Aux Laquais qui entourent le Procureur, & cependant hésitent à l'aspect de Philinte.*)

Dubois, retirez-vous.

(*Les gens sortent.*)

E

SCÈNE VIII.

ALCESTE, PHILINTE, LE PROCUREUR.

LE PROCUREUR, *à Philinte.*

Monsieur, je vous atteste
Contre cet attentat insigne & manifeste !

PHILINTE, *à Alceste.*

Eh ! mon cher, qu'est ceci ?

ALCESTE, *furieux.*

Laissez-moi ; mes transports,
Ma colère n'ont pas de termes assez forts.

LE PROCUREUR, (*faisant le courroucé.*)

Je viens pour un billet que Monsieur me dénie,
En osant me traiter avec ignominie.

PHILINTE.

Un billet ?

LE PROCUREUR.

Bon billet de deux cent mille écus.

PHILINTE.

Ah ! je commence à voir....

ALCESTE.

De vos lâches refus

Voyez-vous maintenant la suite déplorable ?
Mon Avocat n'a plus ce billet déteftable,
Et le voilà tombé dans les mains d'un fripon.

LE PROCUREUR.

Vous l'entendez, Monfieur ?

PHILINTE, à *Alcefte*.

Cette fois, tout de bon,
Vous perdez la cervelle ; & votre humeur s'emporte
A de fâcheux excès & d'une étrange forte.

ALCESTE.

Et comment faites-vous pour voir de ce fang-froid
Toute perverfion de juftice & de droit ?
Félicitez-vous bien de votre indifférence ;
En voilà de beaux fruits, en cette circonftance ;
Un fourbe fans pudeur, que fon pareil défend ;
Un homme ruiné, le crime triomphant ;
Et, parmi tant d'horreurs, l'effet le plus étrange,
C'eft qu'il femble que l'ordre encore les arrange.

PHILINTE, *bien froidement, & ricannant.*

Ne vous y trompez pas, & c'eft l'ordre en effet
Qui dans le fond préfide à tout ce qui fe fait ;
Et vous verrez, Monfieur, que, malgré vos murmures,
En ceci, tout ira fuivant mes conjectures.
Le grand malheur enfin pour fe tant gendarmer,
Comme fi l'univers tendoit à s'abîmer :
Je plains les maux d'autrui ; mais, au vrai, cette affaire,
Dans la fomme des maux, me femble une misère.
C'eft un billet de fait ? D'abord, on plaidera ;
Et puis, au bout du compte, enfin, on le paîra ;

C'eſt la règle, la loi ; qui ſigne ou répond, paye,
Et je ne vois là rien, rien du tout, qui m'effraye.

LE PROCUREUR.

Monſieur prend bien l'affaire ; & j'oſe demander,
Moi, dont le devoir eſt d'inſtruire, de plaider
Pour les infortunés ſans appui, ſans refuge,
Si j'ai tort ou raiſon ? Je vous en fais le juge.
On a fait un billet : j'en prétends la valeur....

ALCESTE.

Inſidieux agent, votre homme eſt un voleur.

LE PROCUREUR.

C'eſt ce qu'il faut prouver.

PHILINTE, *au Procureur.*

Monſieur, laiſſez-le dire ;
Faites votre métier. On vient de vous élire ;
Pourſuivez donc l'affaire, & vous aurez raiſon.

ALCESTE.

Ferme ! Excitez-le encor à tant de trahiſon.
Je n'y ſaurois durer ; & dans ce qui m'arrive,
Je ne puis plus tenir ma colère captive.
Ne voyez-vous donc pas, ou feignez-vous enfin
De ne pas voir le but de cet homme, plus fin
Et plus fourbe, à jeu ſûr, des pieds juſqu'à la tête,
Que mon ſage Avocat lui-même n'eſt honnête ?
Il ne le ſait que trop, que le billet eſt faux.

LE PROCUREUR.

C'eſt un fait que je nie.

PHILINTE, *à Alceste*

                   Excès de vos défauts,
De demander aux gens plus de droiture d'âme,
Plus de fincérité que la loi n'en réclâme.

LE PROCUREUR.

Qu'on ofe m'infulter ainfi devant témoins !
On verra.

ALCESTE.

        Si je l'ofe ? Oui, traître, de tes foins
Tu fais bien quel fera le prix ! Mais je protefte
D'en rendre la noirceur publique & manifefte ;
Oui, morbleu ! moi tout feul, je braverai tes coups.
Oui, moi-même au procès....

PHILINTE.

              Eh bien ! y penfez-vous !
Comment ? Vous engager dans la caufe ?

ALCESTE.

                  Sans doute.

PHILINTE.

C'eft en trop. Écoutez....

ALCESTE.

           Il n'eft rien que j'écoute.

PHILINTE.

Le dépit eft bizarre, & c'eft trop fort auffi.

ALCESTE.

Rien, rien, je plaiderai.

                 E 3

PHILINTE.

Parbleu! non.

ALCESTE.

Parbleu! si.

Qui m'en empêchera?

PHILINTE, *jouant le sentiment.*

Moi, Monsieur, qui déplore
Ce projet insensé. J'ajoute même encore
Que la saine raison, les égards, la pitié
Commandent à mon cœur bien moins que l'amitié.
Par le sentiment seul ma prudence animée
Devant ce zèle ardent tient mon âme alarmée....
De crainte... de regret... je me trouve saisi..

ALCESTE, (*avec dégoût.*)

Quel langage étonnant avez-vous donc choisi?
Vous, effrayé d'un trait qui me comble de joie?
Et pensez-vous, Monsieur, que sottement je croie
A tous ces faux semblans de sensibilité?
Non, non, elle n'a point ce langage apprêté.
Quittez, ou démentez ces grimaces frivoles,
Mais par des actions, & non par des paroles.
Avouez-moi plutôt que je vous fais rougir;
Qus mon zèle confond votre refus d'agir;
Et que, par un dépit rongeur, qui vous accuse,
Vous souffrez d'un bienfait que votre âme refuse.
Voilà votre état vrai; voilà ce que je crois;
Et comment la vertu ne perd jamais ses droits.
Plus d'explication. Et vous, agent honnête,
Nommez-moi, pour répondre au combat qui s'apprête,

Nommez-moi du billet, dont vous êtes porteur,
Le traître créancier & le faux débiteur,
Vous n'avez pas encore une pleine victoire.

PHILINTE, *au Procureur.*

Non, ne le nommez pas, Monsieur, veuillez m'en croire.

ALCESTE.

Je veux l'apprendre, moi.

PHILINTE.

Vous ne le saurez pas.

LE PROCUREUR.

Messieurs, je n'entends rien à de pareils débats.
Les noms dont il s'agit, dont l'enquête m'étonne,
Monsieur le sait fort bien.

ALCESTE.

Qui ? moi ?

LE PROCUREUR,

Mieux que personne.

ALCESTE.

Comment ?...

LE PROCUREUR.

Le débiteur, c'est vous....

ALCESTE.

Moi ? scélérat !

LE PROCUREUR, *cherchant son carnet.*

Vous. En voici la preuve en ce brief contrat,

E 4

LE PHILINTE DE MOLIERE,

Souscrit dans la teneur d'une lettre de change,
Au seul profit d'*Ignace-André Robert*.

PHILINTE, *surpris*.

Qu'entends-je?

Robert? Un Intendant de maison?

LE PROCUREUR.

Je le sais.

Monsieur son débiteur, Comte de Valancés.

PHILINTE, *avec effroi*.

Qu'avez-vous dit?.. Comment?.. Monsieur, prenez-y garde!
Comment!...

LE PROCUREUR.

Sans le prouver, jamais je ne hasarde
Aucun fait; & voici.....

PHILINTE, *avec une force effrayante*.

Savez-vous que c'est moi?

LE PROCUREUR.

Comte de Valancés?

PHILINTE.

Moi-même.

ALCESTE, *étourdi*.

Vous?... Eh quoi!...

Qu'est ceci?

LE PROCUREUR, *montrant de ses deux mains le billet qu'il tient avec précaution*.

Vous devez en cette conjoncture

Connoître donc ce titre & votre fignature ?

PHILINTE, *avec le cri du défefpoir.*

O grand Dieu! c'eft mon feing!

ALCESTE.

Le vôtre? Jufte Ciel!

PHILINTE, *vivement à Alcefte.*

Comte de Valancés; c'eft mon nom actuel:
Et le traître Robert eft un fripon infigne,
Qu'avec une rigueur dont il étoit bien digne,
Depuis quinze ou vingt jours j'ai chaffé de chez moi;
C'eft lui qui m'a furpris le billet que je voi.

ALCESTE, *avec terreur.*

Vous?...

PHILINTE, *d'un tems au Procureur.*

Billet faux! Monfieur, que vous devez me rendre.
Ah! gardez-vous, au moins, d'ofer rien entreprendre!

LE PROCUREUR.

Je ne connois ici que mon titre.

(*Philinte fe jette dans un fauteuil, accablé par fon*
défefpoir.)

ALCESTE.

Oh! morbleu!
C'eft vous, que le deftin, par un terrible jeu,
Veut inftruire & punir?.... O célefte juftice!
Votre malheur m'accable, & je fuis au fupplice.
Mais je ne prendrois pas, moi, de ce coup du fort,

Cent mille écus comptant... Eh bien ! avois-je tort?
Tout est-il bien, Monsieur ?

PHILINTE, *se levant avec fureur.*

Je me perds,... je m'égare....
O perfidie!.. ô siècle & pervers & barbare!..
Hommes vils & sans foi !.. Que vais-je devenir?..
Rage !.. fureur !... vengeance!.. il faut ... on doit punir...
Exterminer....

(*Le Procureur file pour se sauver; il va le saisir.*)

Monsieur!... Restez, sur votre tête!

LE PROCUREUR.

Comment ? & de quel droit est-ce que l'on m'arrête!

PHILINTE.

Vous répondrez du mal que vous allez causer.

LE PROCUREUR.

J'y consens.

PHILINTE.

Mon déni doit vous désabuser.
Vous seriez compromis, l'honneur & votre place....

LE PROCUREUR.

Bagatelle !... Ceci n'a rien qui m'embarrasse.

ALCESTE, *au Procureur.*

Sors donc; fuis loin de nous.

LE PROCUREUR, *menaçant.*

Oui, je sors... à mon tour...

Il est tard, la nuit vient... demain il fera jour.

(*Il s'avance pour sortir.*)

PHILINTE, *égaré.*

Hé! Champagne! à l'instant, les chevaux, la voiture!..

LE PROCUREUR, *retournant.*

Evasion subite!... à demain....

SCENE IX.

ALCESTE, PHILINTE.

PHILINTE, *désespéré.*

L'IMPOSTURE
Peut-elle aller plus loin?.. Je ne sais où j'en suis.

ALCESTE.

Vous pouvez disposer de tout ce que je puis.
Mes reproches, Monsieur, seroient justes, je pense;
Mais mon cœur les retient; le vôtre m'en dispense.
Tout mérité qu'il est, le malheur a ses droits,
La pitié des bons cœurs, le respect des plus froids.
Mon âme se contraint, quand la vôtre est pressée.
Quand vous serez heureux, vous saurez ma pensée.
Allons nous consulter sur cette affaire-ci.
Je vais faire avertir mon Avocat aussi.

Je souffre horriblement pour votre aimable femme.
Quant à vous... Profitez ; c'est le vœu de mon âme.

(Il va pour sortir : il voit que Philinte est abymé
dans sa douleur ; la pitié le ramène ; il le prend
par la main , & l'emmène avec lui.)

Fin du troisième Acte.

ACTE IV.

SCENE PREMIERE.

ALCESTE, *se levant & s'asséyant avec inquiétude ;*
D U B O I S.

DUBOIS.

Je ne puis m'en cacher, foi d'honnête valet,
Je ne contredis point & veux ce qui vous plaît ;
Mais vous vous faites mal, par ces façons de vivre ;
Voulez-vous vous tuer ? Vous n'avez qu'à poursuivre.

ALCESTE.

Que viens-tu me conter ? Qu'on me laisse en repos.

DUBOIS.

Je vous conte, Monsieur, dès choses à propos.
Départ précipité, poste & mauvaise route,
Et d'nn ; ce sont deux nuits que tout cela vous coûte.
Vous passez la troisième à ranger vos papiers ;
Et celle-ci fait quatre : oui, quatre jours entiers
Que vous n'avez dormi. Et de quelle manière
Avez-vous donc encor passé la nuit dernière ?
Debout, assis, debout ; c'est un métier d'enfer :
Monsieur, pensez-y bien ; le corps n'est pas de fer.

ALCESTE.

As-tu bientôt fini ton fâcheux bavardage?

DUBOIS.

Non, Monfieur; battez-moi, fi vous voulez. J'enrage
De vous voir ménager fi peu votre fanté;
Et toujours pour autrui, par excès de bonté.
Rendre fervice? Oui da; fort bien! je vous admire;
Mais il faut du repos; & je dois vous le dire.

ALCESTE.

Pefte foit de ta langue! & ton maudit babil....

DUBOIS, *calant.*

Allons, allons....

ALCESTE.

Dubois?

DUBOIS.

Monfieur?

ALCESTE.

Quelle heure eft-il?

DUBOIS.

Neuf heures du matin.

ALCESTE.

Déjà! Comment! Encore
Ils ne font pas venus? Long-tems avant l'aurore
Ils avoient projetté d'être ici de retour.

DUBOIS.

falloit vous couc her, & vous lever au jour.

ALCESTE.

Ah! pour le coup... vois donc... j'entends une voiture...

DUBOIS.

Irai-je voir?

ALCESTE.

Oui, cours.

DUBOIS, *allant & revenant.*

J'y vais... Par aventure,
Si ce font eux, faut-il leur dire?...

ALCESTE.

Que j'attends.

DUBOIS, *de même.*

Bien.., Je ne dirai pas que c'eft depuis long-tems?

ALCESTE.

Non.

DUBOIS *va.*

(*Il revient.*)

Qui dois-je avertir, Monfieur, de votre attente?
Eft-ce Monfieur Philinte, ou Madame Eliante?...

ALCESTE.

Ah! que d'amufement! Veux-tu bien décamper?

DUBOIS.

Tout ceci, c'eft, Monfieur, de peur de me tromper.
Les voilà tous les deux....

ALCESTE.

Allons , sors donc.

(*Dubois sort.*)

SCENE II.

ELIANTE, ALCESTE, PHILINTE.

ALCESTE, *allant prendre Eliante , qu'il conduit*
dans un fauteuil.

Madame,

Voici des embarras fâcheux pour une femme ;
Et des peines d'esprit, plus cruelles encor,
Pour vous sur-tout, pour vous qui n'avez aucun tort,
Qui méritez si peu cet accident sinistre.
Eh bien ! qu'a dit, qu'a fait, que pourra le Ministre ?
Ce brave homme, je crois, n'a pas vu sans douleur,
Sans un vif intérêt votre cruel malheur ?

PHILINTE.

Nous n'avons fait tous deux qu'un voyage inutile.

ALCESTE.

Comment donc ?

ELIANTE, *se levant.*

Cher Alceste, il est assez facile
D'imaginer la part & l'intérêt que prend

Mon

Mon oncle, à cette affaire : il eſt fort bon parent.
Mais trop tard, en effet, nous implorons ſon aide.
Votre moyen d'hier éroit un ſûr remède,
Tant que votre Avocat, par un concours heureux,
Avoit entre ſes mains ce billet dangereux ;
Mais aujourd'hui qu'il eſt entre les mains d'un autre
Dans le parti du fourbe & très-contraire au nôtre,
Mon oncle nous a dit & clairement fait voir
Que, même ſans bleſſer les loix ni ſon devoir,
S'il prêtoit à nos vœux ſa ſecrète entremiſe,
On pourroit l'accuſer d'une injuſte entrepriſe,
Que nos vils ennemis feroient ſonner bien haut
Pour appuyer leur cauſe & nous mettre en défaut.
Et l'honnête Avocat, qui nous ſervoit de guide,
L'a trouvé, comme moi, plus prudent que timide.

A L C E S T E.

Mon avis eſt le même.... Et qu'en avez-vous fait
De mon cher Avocat ?

E L I A N T E.

Oh ! bien cher en effet.

A L C E S T E.

A travers les ſoucis que ce moment prépare,
Madame, convenez que c'eſt un homme rare.

E L I A N T E.

Homme rare en tout point, & par ſa probité,
Par ſon grand jugement, par ſa ſimplicité,
Et ſa ſcience claire à quiconque l'écoute,
Et qui nous a frappés durant toute la route.

F

ALCESTE.

Vous me faites plaifir, Qu'eft-il donc devenu?

PHILINTE.

Avant notre retour, un projet m'eft venu,
Et je l'ai fupplié de prendre un peu l'avance,
De venir à Paris, lui feul en diligence,
Pour parer à la hâte à tout fâcheux éclat.

ALCESTE.

Quel eft donc ce projet?

SCENE III.

ELIANTE, ALCESTE, DUBOIS, PHILINTE.

DUBOIS *annonçant*

Monsieur votre Avocat.

ALCESTE.

Bon ! qu'il entre....

(*Dubois fort.*)

SCENE IV.

ELIANTE, ALCESTE, PHILINTE.

ALCESTE, à Eliante.

Madame, un pénible voyage
Vous a fort fatiguée ; & je trouverois sage
Qu'en votre appartement, pendant tout ce propos,
Vous allassiez enfin prendre un peu de repos.
De ce qu'on aura fait nous saurons vous instruire.

PHILINTE.

Il a raison, Madame ; allez....

ELIANTE.

Je me retire.

(Elle sort.)

SCENE V.

ALCESTE, L'AVOCAT, PHILINTE.

L'AVOCAT, à Philinte.

Rolet n'est pas chez lui. J'ignore la raison
Qui, de si grand matin & hors de sa maison,
L'occupe & le retient avec inquiétude ;

F 2

Car c'est-là ma remarque au train de son étude,
On l'attend, il y doit rentrer ; & j'ai laissé
Pour l'appeller céans un billet très-pressé.
S'il vient, nous en aurons du moins ce bon augure,
Qu'il s'attend à traiter en cette conjoncture.

ALCESTE.

Quel est ce traitement dont vous voulez parler ?

L'AVOCAT.

Monsieur se résoudroit, dit-il, au pis aller,
En ce moment fâcheux, à faire un sacrifice.

ALCESTE, *à Philinte.*

Perdez-vous la raison ? Les lois & la justice !
Lorsqu'en un tel procès on se trouve engagé,
Le vice impunément sera-t-il ménagé ?
Perdez tout votre bien, plutôt qu'en sa foiblesse
Désavouant l'honneur & la délicatesse,
Votre cœur se résigne au reproche effrayant,
D'avoir encouragé le crime en le payant.
Que le crime poussé jusqu'à cette insolence
Du glaive seul des lois tienne sa récompense !
Et ne lui donnons point par la timidité
L'espoir d'aucun triomphe ou de l'impunité.

L'AVOCAT, *à Philinte.*

Vous voyez, au parti que l'amitié conseille,
Que son opinion à la mienne est pareille.
Je vous l'ai dit, Monsieur ; un accommodement
Est un sage moyen, que l'on suit prudemment,
Quand d'une & d'autre part, avec pleine assurance,
On peut d'un droit réel établir l'apparence ;

Et la foibleſſe même alors peut, je le crois,
S'applaudir d'acheter la paix par quelques droits;
Mais tout ce que Monſieur vient de vous faire entendre
Eſt ici, ſans détour, le parti qu'il faut prendre.
C'eſt mon avis ſincère; & je ne doute point
Qu'en vous en écartant dans le plus petit point,
Que ſi vous exigez que j'entame & ménage
Un traité, toujours fait avec déſavantage,
On n'aille l'exiger ou fâcheux par le prix,
Ou fatal à vos droits pour l'avoir entrepris.

PHILINTE.

Et dois-je tout riſquer, Monſieur ?

L'AVOCAT.

                              J'oſe répondre
Que le fourbe ſaura lui-même ſe confondre;
En marchant droit à lui nous ſaurons le braver,
Et ſa friponnerie enfin peut ſe prouver.
Hier, j'en craignois bien plus l'effet & l'importance;
Mais attentivement j'ai lu votre défenſe,
Les lettres, les états & les comptes, nombreux
Qui parlent clairement contre ce malheureux.
L'affaire eſt, je le ſais, longue & déſagréable....

PHILINTE.

Voilà préciſément la crainte qui m'accable;
Et quand je conſidère, avec attention,
Le fardeau qui m'attend en cette occaſion,
Tant de ſoins à porter, d'intérêts à reſtreindre,
De gens à ménager & d'ennemis à craindre,
Tant de travail, de gêne & d'ennuyeux propos,
Je veux d'un peu d'argent acheter mon repos.

                              F 3

ALCESTE, *amèrement.*

Oui, fuivez ce projet; &, quoiqu'il me déplaife,
Vous mettez mon humeur & mon efprit à l'aife.
Vos jours voluptueux mollement écoulés
Dans cet affaiffement dont vous vous accablez,
Ce goût de la pareffe où la froide opulence
Laiffe au morne loifir bercer fon indolence,
Sont les fruits corrompus, qu'au milieu de l'ennui
L'égoïfme enfanta; qui remontent vers lui
Pour en mieux affermir le trifte caractère.
Mais auffi de ces fruits dérive leur falaire,
Votre âme eft tout orgueil, votre efprit vanité,
La hauteur elle feule eft votre dignité.
Du refte, anéantis, fans feu, fans énergie,
Vous immolez l'honneur à votre léthargie;
Et dupes des méchans vous favez, fans rougir,
Marchander avec eux un refte de plaifir.
Faites, faites, Monfieur.

PHILINTE.

Hé! mon Dieu, cher Alcefte,
Délivrons-nous foudain d'un embarras funefte,
Et donnons-nous le tems de fuivre, à fon fignal,
La fortune propice à réparer le mal.

(*A l'Avocat.*)

Vous, Monfieur, je vous prie, arrangez cette affaire.

SCENE VI.

ALCESTE, L'AVOCAT, DUBOIS, PHILINTE.

DUBOIS, (*avec humeur.*)

Ce Monsieur... Procureur... il est là.

L'AVOCAT.

Je vais faire
Tout ce qui dépendra de moi dans ce moment.

ALCESTE, *indigné.*

Ah ! je ne reste point à cet arrangement.
Ce seroit pour mon cœur un chagrin trop sensible,
Que l'aspect d'un pervers, de qui l'âme paisible,
Et sous cape riant des affronts qu'il a faits,
En triomphe remporte un prix de ses forfaits.

(*Il sort.*)

SCENE VII.

L'AVOCAT, DUBOIS, PHILINTE.

PHILINTE.

JE le fuis, pour calmer cette humeur trop hautaine,
De grâce, terminez ce débat & ma peine.

(*Il fort en faifant figne à Dubois, qui a attendu*
d'introduire le Procureur.)

SCENE VIII.

L'AVOCAT, LE PROCUREUR.

LE PROCUREUR.

SUR un billet de vous, que chez moi j'ai trouvé,
Malgré tout ce qui m'eft en ces lieux arrivé,
J'ai bien voulu, Monfieur, toujours bon, franc, honnête,
Avec vous cependant rifquer un tête à tête.
Voyons, expliquez-vous, que voulez-vous de moi?

L'AVOCAT.

Monfieur, connoiffez-vous la probité, la foi,
La conduite, les mœurs & les moyens de l'homme
Qui réclame, en ce jour, une auffi forte fomme?

LE PROCUREUR.

Ce n'eſt point mon affaire, & ſon titre ſuffit.

L'AVOCAT.

Si l'on prouve le faux, & l'erreur de l'écrit ,....

LE PROCUREUR.

C'eſt ce qu'il faudra voir....

L'AVOCAT.

J'ai de ſûres épreuves

Des tours de ce Robert....

LE PROCUREUR.

Vous en auriez cent preuves,

Que m'importe?... Qu'il ſoit honnête homme ou fripon,

Je m'en moque, dès lors que le billet eſt bon.

L'AVOCAT.

Il ne l'eſt pas.

LE PROCUREUR.

Chanſons!

L'AVOCAT, ſévérement.

Malgré vous & les vôtres,

On vous fera bien voir....

LE PROCUREUR.

Bah! j'en ai vu bien d'autres.

L'AVOCAT.

Et moi, je me fais fort de prouver,....

LE PROCUREUR.

Vous?

L'AVOCAT.

Oui, moi.

LE PROCUREUR.

Que veut dire ceci? Voyons: eſt-ce la loi
Qui jugera l'affaire? Eſt-ce pour autre choſe
Qu'ici je ſuis venu? Déclarez-en la cauſe.
Expliquez-vous; j'ai hâte. En un mot ſi je viens,
C'eſt pour être payé, non pour des entretiens.

L'AVOCAT.

Hé bien, Monſieur, parlez. Dites votre penſée.

LE PROCUREUR.

Qui, moi? je ne dis rien. Si la vôtre eſt preſſée....

L'AVOCAT.

A la bonne heure ; mais vous avez un pouvoir
Sans doute: propoſez, Monſieur; nous allons voir.

LE PROCUREUR.

Propoſer ?

L'AVOCAT.

Oui, vraiment.

LE PROCUREUR.

Allons, plaiſanterie !

L'AVOCAT.

Par-là, qu'entendez-vous ?

LE PROCUREUR.

                        Hé ! non ; je vous en prie,
Vous vous donnez, je crois, des soucis superflus.

L'AVOCAT.

Quoi !...

LE PROCUREUR.

Vous êtes rusé ; l'on peut l'être encor plus.

L'AVOCAT.

Je ne vous comprends pas....

LE PROCUREUR.

                        Fi ! donc ; vous voulez rire,

L'AVOCAT.

En honneur !...

LE PROCUREUR.

    Allons donc.

L'AVOCAT.

                    Comment !

LE PROCUREUR, *saluant.*

                        Je me retire.

L'AVOCAT, *le retenant.*

Un mot encor, Monsieur ; je puis vous assurer
Que je suis sans détour. Pourquoi délibérer
Pour vous ouvrir à moi ? pour me faire comprendre
Quel biais, après tout, ici, vous voulez prendre ?

LE PROCUREUR, *avec audace.*

Je ne biaife point ; jamais, en aucun cas.
Et je vous dis bien haut, comme à cent Avocats,
Euffent-ils tous encor mille fois plus d'adreffe,
Que je ne fus jamais dupe d'une fineffe.
Vous êtes bien tombé, de vouloir en ces lieux
Tendre à ma bonne foi des pièges captieux ;
Ah ! je vous vois venir ! vraiment je vous la garde :
Oui, fans doute, attendez qu'ici je me hazarde
A vous offrir un tiers ou moitié de rabais ;
Que j'aille innocemment donner dans vos filets,
Et féduit par votre air, qui me gagnera l'ame,
Convenir plus ou moins des droits que je réclame ;
Tandis que, mot à mot, du cabinet voifin,
Des témoins apoftés en tiendront magafin ;
Tandis que finement deux habiles Notaires
Y drefferont un texte à tous vos commentaires.
Je vous le dis, Monfieur : mais pour vous faire voir
Que je connois la rufe, autant que mon devoir.

(*Se tournant vers le fonds & les portes, & criant:*)

Au refte le billet eft bon, la caufe eft bonne ;
Tablez bien là-deffus, & je ne crains perfonne.

L'AVOCAT, *honteux & ftupéfait.*

Mais, fur ce pied, pourquoi venir dans la maifon?

LE PROCUREUR.

Si vous êtes fi fin, devinez ma raifon.

L'AVOCAT.

Je ne connus jamais cet art, ni ce langage.

LE PROCUREUR.

Cette raifon pourtant eft bonne ; c'eft dommage.

L' A V O C A T.

Il fuffit : je ne veux, ni ne dois la favoir.

LE PROCUREUR.

On me tient pour m'entendre ; & moi, je viens pour voir.

L' A V O C A T.

Finiffons, s'il vous plaît, un débat qui m'affomme.

LE PROCUREUR.

Adieu donc; on m'attend. Serviteur....

(*A part.*)

Le pauvre homme !

(*Il fort.*)

SCÈNE IX.

L' A V O C A T, *feul.*

Et je lui céderois ? Un malhonnête agent,
Maître par fa vigueur d'un efprit négligent,
Mettroit donc à profit fon coupable artifice,
Et l'équité timide obéiroit au vice?
Non, non. Je lui réfifte ; &, fi l'on ne m'en croit,
Je ne partage pas l'affront fait au bon droit.

SCENE X.

ALCESTE, L'AVOCAT, PHILINTE.

L'Avocat, *en allant à eux.*

Inutile espérance ! & ressource impossible !
Je n'ai vu qu'un cœur faux & qu'une ame insensible.

(*A Philinte.*)

Et si dans vos projets, Monsieur , vous persistez ,
Épargnez-moi l'aspect de tant d'iniquités.
J'ignore à quels égards une morale austère
Étend d'un Avocat le noble ministère,
Mais lorsque je balance en cette affaire-ci ,
La droiture tremblante implorant la merci
Du fourbe qui l'opprime, & le fourbe perfide
Qui montre à l'immoler une audace intrépide,
Il ne me reste plus dans ma confusion
Qu'à fuir pour dévorer mon indignation.

SCENE XI.

ALCESTE, DUBOIS, L'AVOCAT, PHILINTE.

DUBOIS *accourant effrayé, à Alceste.*

Ah! Monfieur! qu'eft ceci? voici bien des affaires.

ALCESTE.

Quoi donc?

DUBOIS.

Tout eft perdu.

ALCESTE.

Maraud! fi tu differes....

DUBOIS.

Sauvez-vous.

ALCESTE.

Et pourquoi?

DUBOIS.

C'eft qu'il faut vous fauver.

ALCESTE.

Qu'eft-ce à dire?

DUBOIS.

A l'inftant.

ALCESTE.

Veux-tu bien achever.

DUBOIS.

Si j'achève, Monſieur, on vous prend tout-à-l'heure.

ALCESTE.

Qui me prendra ? Dis donc ?

DUBOIS.

Quittez cette demeure.

ALCESTE.

Impertinent au diable! avec tous ces tranſports....

DUBOIS,

Les eſcaliers ſont pleins d'Huiſſiers & de Recors.

ALCESTE.

Que dis-tu ?

DUBOIS.

L'on vous cherche... Ah! je les vois paroître.
Une autre fois, Monſieur, vous me croirez peut-être!

———————————

SCENE

SCÈNE XII.

ALCESTE, UN COMMISSAIRE, UN HUISSIER,
L'AVOCAT, PHILINTE, UN GARDE DU
COMMERCE, RECORS, DUBOIS.

ALCESTE.

QUE vous plaît-il, Messieurs?.. parlez donc... avancez...

LE COMMISSAIRE.

Je demande céans, Monsieur de Valancés.

PHILINTE.

C'est moi.

LE COMMISSAIRE.

Je viens, Monsieur, & comme Commissaire,
Pour veiller au bon ordre, & non pour vous déplaire ;
Je viens, dis-je, appellé par ma commission,
Pour assister Monsieur,
    (*Montrant l'Huissier*)
              dans l'exécution
De certaine sentence, à l'effet de capture,
Dont il va sur le champ vous faire la lecture.

PHILINTE.

Quelle est cette insolence? Osez-vous bien, chez moi,
Venir avec éclat remplir un tel emploi?

G

LE COMMISSAIRE.

Monfieur!... je vais par-tout où la loi me réclame.

L'AVOCAT, *à Philinte.*

Modérez, s'il vous plaît, les tranfports de votre ame.
Éclairciffons la chofe, & nous verrons après.

ALCESTE, *à l'Huiffier.*

Eh bien, lifez, Monfieur. Voyons ces beaux fecrets.

L'HUISSIER, *caricature; il met fes lunettes,*
& lit :

» A vous, *& cætera....* Très-humblement fupplie
» Ignace-André Robert, difant qu'avec folie
» Au fieur de Valancés il préta, dans un tems,
» La fomme ou capital de fix cent mille francs,
» Dont billet dudit fieur joint à cette requête.
» Sur l'avis que déja, par un trait malhonnète,
» Le fufdit débiteur a quitté fon hôtel,
» Et ce fecrétement: dont un regret mortel
» Survient au Suppliant, craintif pour fa créance;
» Qu'en outre, par abus de trop de confiance,
» Le fieur de Valancés, de rufe prémuni,
» A pris fon domicile en un hôtel garni;
» Lequel dit fieur encor, pendant la nuit obfcure,
» A fait, pour s'évader, préparer fa voiture.

ALCESTE.

Quelle horreur !

PHILINTE.

Jufte ciel ?

ALCESTE.

Fut-on plus effronté !
Et comment ose-t-on de tant de fausseté
S'armer insolemment en face de son Juge ?

L'AVOCAT.

Contre de pareils traits, il n'est point de refuge.

L'HUISSIER.

Vous plaît-il d'écouter le reste ?

L'AVOCAT.

Poursuivez.

L'HUISSIER lit :

» Pour que du Suppliant les droits soient préservés,
» Vu l'urgence du cas, péril à la demeure,
» Qu'il vous plaise ordonner que, sans délai, sur l'heure,
» Il sera fait recherche, avec gens assez forts,
» Dudit sieur Valancés ; à l'effet, & par corps,
» D'assurer lesdits droits, & ce, sans préjudice
» De la saisie entière, & par mains de Justice,
» De tous ses biens, ainsi qu'il pourroit arriver,
» Par-tout où se pourront lesdits biens se trouver.
» Signé, Rolet «. Et suit, par forme de sentence,
Appointement qui donne, au gré de l'Ordonnance,
Loisir d'exécuter le susdit contenu.
Signifié par moi, *Boniface Menu.*

ALCESTE.

Eh bien, que vous faut-il après ce verbiage ?

L'HUISSIER.

Les six cent mille francs, sans tarder davantage,

Ou que Monſieur nous ſuive à l'inſtant en priſon.

PHILINTE.

Marauds! voulez-vous bien ſortir de ma maiſon?

LE COMMISSAIRE, *s'interpoſant.*

Monſieur!.. ah! point de bruit.

ALCESTE, *à l'Avocat.*

Quel moyen faut-il prendre?

L'AVOCAT.

Vers le Juge avec eux, je crois qu'il faut nous rendre.

PHILINTE, *à l'Avocat.*

Qui, moi, Monſieur?

L'AVOCAT.

Vous-même. Obſervez, s'il vous plait,
Que le Juge a parlé ſur la foi de Rolet.
Sur ſon faux expoſé, la Juſtice en alarmes
Protège le menſonge & ſes perfides larmes.
Rolet, dans ſa requête, avec dextérité
Donne à ſa fourberie un air de vérité.
Vous quittez votre hôtel pour prendre cet aſyle,
Il vous montre ruſé, même ſans domicile;
Vous allez à Verſaille, il vous peint fugitif;
La choſe preſſe, il faut vous avoir mort ou vif.
Il tait adroitement la qualité de Comte;
Rien n'arrête Rolet. Par une fauſſe honte,
Ne réſiſtez donc plus; & la concluſion,
Au pis, ſera, Monſieur, de donner caution.

ALCESTE, *vivement.*

Ah ! fans aller plus loin, je préfente la mienne.

PHILINTE.

Ami trop généreux !...

L'HUISSIER.

Oh ! qu'à cela ne tienne.
En blanc, j'ai pour ceci des actes différens.

(Il les tire de fon cornet.)

Monfieur peut fe nommer ; s'il eft bon, je le prends.

L'AVOCAT, *prenant la formule en blanc.*

Donnez. Monfieur eft bon.

(Il écrit.)

ALCESTE.

Mettez le Comte Alcefte.

LE COMMISSAIRE.

Qui vous, Monfieur ?

ALCESTE.

Oui, moi.

LE COMMISSAIRE, *à l'Huiffier & au Garde.*

Je vous promets, j'attefte
Que les biens de Monfieur paffent un million.

L'HUISSIER, *à Alcefte.*

Signez.

G 3

ALCESTE.

Avec plaisir.

(Il signe, & l'Huissier prend l'acte.)

LE COMMISSAIRE, *à Alceste.*

Après cette action,
Vous me pardonnerez au moins, Monsieur le Comte,
Un éclaircissement qui vraiment me fait honte.
Vous vous nommez Alceste ?

ALCESTE.

Oui, sans doute.

LE COMMISSAIRE.

Seigneur
Du lieu de Mont-Rocher.

ALCESTE.

Justement.

LE COMMISSAIRE.

En honneur !
Vous me voyez confus, on ne peut davantage.
Pourquoi m'a-t-on choisi pour un pareil message ?

ALCESTE.

De quoi donc s'agit-il ?

LE COMMISSAIRE.

J'arrive cette nuit
De votre seigneurie, où, sans éclat, sans bruit,
En vertu d'un décret, j'avois été vous prendre,

Et qu'ici j'exécute, à regret , fans attendre.

L'AVOCAT.

O grand Dieu !

PHILINTE.

Se peut-il ?

DUBOIS.

Oh! le traître maudit !

LE COMMISSAIRE.

Monfieur, vous me fuivrez ?

ALCESTE.

Oui-dà. Sans contredit.

PHILINTE.

Alcefte ! eft-il bien vrai ? quel accident terrible !

ALCESTE.

Quoi; Monfieur? Vous voyez enfin qu'il eft poffible
Que tout ne foit pas bien.

PHILINTE.

Après un pareil coup ,
Je fuis défefpéré... Que faire ?

ALCESTE.

Rien du tout.

(*Au Commiffaire.*)

Monfieur, me voilà prêt. Menez-moi, je vous prie,
Au Juge fans tarder.

G 4

(*A l'Avocat.*)

Et vous, qui, pour la vie,
Serez mon digne ami, vous, Monſieur, ſuivez-moi.

(*Se retournant vers Philinte.*)

Je ne m'en prends qu'au vice, & jamais à la loi.

Fin du quatrième Acte.

ACTE V.

SCÈNE PREMIÈRE.

ELIANTE, PHILINTE.

PHILINTE.

Vous ne voulez donc pas absolument m'entendre,
Madame, ou feignez-vous de ne me pas comprendre?
Ne parlé-je pas clair? Oui, je cours le hazard
De voir nos biens saisis, saisis de toute part;
Et comme de ces biens la plus grande partie,
Parce qu'elle est à vous, peut être garantie,
Il est bon d'empêcher, & par provision,
La gêne & le tracas de cette invasion.
Et si vous ne venez, oui, vous-même en personne,
Opposer à la loi les droits qu'elle vous donne,
Quand bien même nos vœux auroient un plein succès,
Il faudra soutenir la longueur d'un procès;
Et si l'on saisit tout une fois, la chicane
Saura bien reculer ce que la loi condamne.
Vos droits seront très-bons, mais vos biens très-saisis.
Prévenons donc les coups que l'on auroit choisis.
L'active avidité nous entoure & nous presse.
Tant qu'il reste à jouir, caressons la paresse;

Mais quand de tous côtés on se voit investi,
Il faut bien se résoudre à prendre son parti.
Hâtons-nous donc, Madame, & prenons l'avantage.
Je compte vingt maisons à voir dans ce voyage ;
Notaires, Avocats, agens à prévenir,
La moitié de Paris ensemble à parcourir.

ELIANTE.

Je comprends très-bien. Mais, en mon âme éperdue,
Une voix plus puissante est encore entendue.
De vos précautions le but intéressant,
Fût-il encor, Monsieur, mille fois plus pressant,
Je crois que les malheurs du généreux Alceste
Veulent nos premiers soins ; notre intérêt le reste.

PHILINTE.

Que dites-vous, Madame, & quel est ce discours?
Lui fais-je, s'il vous plaît, réfus de mes secours?

ELIANTE.

Vous rentrez seulement, & vous venez de faire
Une assez longue absence....

PHILINTE.

Eh oui ! pour mon affaire.

ELIANTE.

Et je vois que pour nous inquiet, empressé,
A ce sincère ami vous n'avez pas pensé.
Ah ! Philinte....

PHILINTE.

Écoutez : venez, chère Eliante.

Je vous demande une heure, & vous ferez contente.

E L I A N T E.

Ah! tout ce que j'apprends me frappe & m'attendrit;
Alcefte, Alcefte feul occupe mon efprit.
Oubliez-vous fi-tôt fa peine & fes fervices?
Avez-vous donc, pour lui, d'affez grands facrifices?
Mon ami, redoutez un peu moins vos dangers.
A qui fait fon devoir les maux fonr plus légers.
Rappellez, croyez-moi, votre cœur à lui-même;
Et, malgré les efforts de ma tendreffe extrême,
Ne laiffez pas le foin à ma timide voix
D'exciter l'amitié, d'en retracer les loix.
Elle parle à votre âme, écoutez fes murmures.
Laiffez pour aujourd'hui dans leurs routes obfcures,
Les méchans préparer leurs inutiles coups.
Alcefte à leur fureur vient de s'offrir pour vous;
Et quand, d'une autre part, on l'attaque, on l'arrête,
Seriez-vous le premier à détourner la tête?
Allons le voir; peut-être attend-il notre appui.
Nous ferons pour demain; mais Alcefte aujourd'hui.

P H I L I N T E.

Demain, fera-t-il tems de prévenir l'orage?
Et demain cependant, avec double avantage,
Débarraffé de foins, d'un cœur plus affermi,
Je pourrai, fans retard, voler vers mon ami.

E L I A N T E.

Vers votre ami, Monfieur! Comment, de votre bouche,
Ce nom peut-il fortir ainfi, fans qu'il vous touche?
Et favez-vous quel fort le menace à préfent?

Ce qu'on a fait de lui? ce qu'il fait? ce qu'il fent?
Ce dont il a befoin?... qu'il réclame peut-être?
Hé! devant lui, du moins, hâtons-nous de paroître;
Et s'il peut être vrai qu'on peut l'abandonner,
Qu'il ne puiffe, Monfieur, du moins le foupçonner.
Sachez vous conferver l'honneur de fon approche;
Que fon premier regard ne foit point un reproche.

PHILINTE.

Mais déjà près de lui j'aurois porté mes pas,
Je m'y rendrois encor... Mais ne voyez-vous pas
Qu'une fois entraîné dans fes propres affaires,
Je m'interdis alors mille foins néceffaires?
Néceffaires pour vous? Mais vous vous refufez
A juger fainement de nos périls. Pefez,
Mais pefez donc, Madame, avec exactitude,
La gêne, les foucis, l'ennui, l'inquiétude,
Qui vont nous affaillir, s'il faut que ma maifon
Languiffe fous l'effort de cette trahifon.
Ah! cette crainte feule à l'inftant me décide.
Partons, voyons nos gens.....

ELIANTE.

Ah! je fuis moins timide,
Ou plus épouvantée & plus foible que vous.
Mais de ces deux périls le nôtre a le deffous.
Mais l'image d'un homme, innocent de tout crime,
Arrêté dans vos bras, où, noble & magnanime,
Il fe rend l'inftrument de votre liberté,
Qui, par un jeu cruel de la fatalité,
Se voit chargé des fers dont fa main vous délivre,
Que vous laiffez aller tout-à-coup, fans le fuivre;

Que, depuis la douleur de ce coup imprévu,
Vous n'avez ni foigné, ni confolé, ni vu...
Ah! Monfieur, cette idée....

PHILINTE, *avec humeur.*

Un peu de complaifance,
Madame, s'il vous plaît. J'ai de votre éloquence
Déjà plus d'une preuve & d'affez bons-garans,
Pour que, dans la chaleur de pareils différends,
Vous n'ayez pas befoin, foit zèle ou politique,
D'en étaler l'éclat pour faire ma critique.
Certes, vous m'étonnez dans vos façons d'agir,
Vos efforts ne tendront qu'à me faire rougir.
Et, lorfqu'à le bien prendre, on ne me voit fenfible
Qu'à vos feuls intérêts; lorfqu'un amour vifible
Éclate affûrément dans les foins d'un époux;
Que cet époux enfin, épouvanté pour vous,
Veut, par délicateffe, épargner à fon ame
L'afpect humiliant des chagrins d'une femme,
Cette gêne fubite & ces privations,
Que peut-être bientôt, en mille occafions,
Vous me reprocherez vous-même, à tout vous dire;
Quoi, c'eft alors qu'afin d'étaler votre empire,
Vous affectez, ici, des foins compatiffans?
Mais, Madame, après tout, comme vous, je les fens;
Et vous voudrez, de grace, obferver que peut-être;
Je fuis tout à-la-fois fenfible, jufte & maître.

ELIANTE, *la larme à l'œil.*

Ah! Monfieur!...

PHILINTE.

Pardonnez à mon jufte dépît,

Et suivons notre affaire, ainsi que je l'ai dit.

ELIANTE, (*soumiffion douloureufe.*)

Allons, Monsieur....

PHILINTE.

Allons. Champagne ! mon caroffe.
Nous allons commencer par le Banquier Mendoce.

SCENE II.

ELIANTE, L'AVOCAT, PHILINTE.

ELIANTE, *courant à l'Avocat.*

AH ! Monsieur, vous voilà ? quittez-vous notre ami ?
Que fait-il ?...

L'AVOCAT.

Sur son sort, vos ames ont gémi.
Mais je viens diffiper cette douleur cruelle,
Et vous apprendre, au moins, une bonne nouvelle.
Il eft en liberté.

ELIANTE, *avec tranfport.*

Se peut-il ? Quel bonheur !

PHILINTE.

Heureux événement !

L'AVOCAT.

                  C'est ainsi que l'honneur
Et la noble pitié d'une ame généreuse
Triomphent aisément d'une atteinte honteuse.
Il court au Magistrat, comme vous le savez :
A peine devant eux sommes-nous arrivés,
(Ils étoient deux ensemble) on le plaint, on l'accueille,
On l'instruit. Sur le champ ouvrant son portefeuille,
Sans proférer un mot, mais l'œil étincelant,
Votre ami leur remet un seul titre parlant,
Une lettre, où le style avec la signature
Prouvent par quel motif & par quelle imposture
Ses lâches ennemis ont osé contre lui
Surprendre le décret qui l'arrête aujourd'hui.
Cette preuve est si claire, entière, incontestable,
Que le Juge aussi-tôt, d'une voix formidable,
Atteste la justice & promet d'amener
Devant elle celui qui l'osa profaner.
Vous, lui dit-il, Monsieur, soyez libre sur l'heure,
Rendez la bienfaisance à sa noble demeure.
Qu'on ose l'y poursuivre encore & l'outrager,
Soyez sûr que les loix viendront la protéger.
Après quelques discours & les égards d'usage,
Votre ami, d'un ton vif, le feu sur le visage,
M'emmène; &, sans parler de ce qu'il vient de voir,
Remplissons, m'a-t-il dit, le plus sacré devoir.
Grace au Ciel! je suis libre, & je puis, sans contrainte,
Inspirer aux méchans encore quelque crainte.
Ensemble allons trouver l'agent pernicieux
Qui poursuit nos amis.

ELIANTE.

Est-il bien vrai ? grands Dieux !

L'AVOCAT.

Nous allons chez Rolet... Triste & bonne rencontre !
Robert à ses côtés à nos regards se montre.
» Le hazard est heureux, suivant ce que je voi,
Me dit Monsieur Alceste, en s'approchant de moi;
» Volez vers nos amis; ma funeste aventure
» Doit les tenir en peine. Allez, je vous conjure;
» Rassurez-les bien vîte; instruisez-les de tout;
» Et, pour pousser enfin nos scélérats à bout,
» Revenez sur le champ avec Monsieur Philinte;
» Il peut faire à Robert mettre bas toute feinte. «
D'accord de ce projet, je viens donc vous chercher.

ELIANTE.

O secours généreux ! ah ! qu'il doit vous toucher,
Monsieur !...

L'AVOCAT.

Ne tardons pas ; cet espoir qui nous reste...

PHILINTE.

Oui, mon carosse est prêt ; venez....

SCENE

SCENE III.

L'AVOCAT, ELIANTE, ALCESTE, PHILINTE.

ELIANTE.

QUE vois-je ? Alceste !...

PHILINTE.

Est-ce vous, cher ami ?...

ELIANTE, *avec sentiment, prenant les mains*
d'Alceste.

Vous n'imaginez pas
Ma joie à vous revoir.

ALCESTE.

J'ai plaint votre embarras.
J'ai senti vos douleurs bien plus que mon outrage,
Madame, & des pervers si j'ai trompé la rage,
Je bénis mes destins, assez favorisés
Pour réparer les pleurs que je vous ai causés.

PHILINTE.

Comment se pourroit-il ?

ALCESTE, *criant d'exclamation cet hémistiche.*

Écoutez ! je vous prie.

H

L'A V O C A T.

J'ai tout dit....

ALCESTE.

Poursuivons. Jamais, je le parie,
Il ne fut, dans le monde, un plus hardi méchant
Que ce lâche Robert, jadis votre Intendant.
L'œil fixe sur le sien, j'ai beau de cent manières
Circonvenir son cœur: menaces, ni prières
N'en viennent pas à bout; & sa perversité,
Dans l'œil de son agent puisant la fermeté,
Il m'ose tenir tête, avec une impudence,
A lasser mille fois la plus forte constance.
Il fait plus; & prenant un langage imprévu,
Il m'ose, à moi, citer l'honneur & sa vertu.
Oh! morbleu! pour le coup la fureur me transporte,
Le fourbe veut sortir, j'empêche qu'il ne sorte,
Les efforts de Dubois à cette trahison,
De ses bruyans éclats remplissent la maison.
On accourt, on survient. Le front rouge de honte,
J'implore à cris pressés justice la plus prompte.
Bonne inspiration! puisque, dans le moment,
Un Commissaire, Archers, sont dans l'appartement.
Ah! fourbe, je te tiens, dis-je avec véhémence!
Le misérable encor fait bonne contenance.
Mais je n'hésite point, & m'adressant alors
A l'homme que la loi rend maître en ce discors:
» On a commis, lui dis-je, un faux abominable.
» Dès long-tems la Justice a frappé le coupable;
» Nous avons de ce faux trente preuves en main,
» Il y va de la vie, & voici mon chemin.
» Si Robert à l'instant, à l'instant ne me donne

» Le billet frauduleux, ainsi que je l'ordonne ;
» Comme faussaire, ici, je le livre à la loi ;
» Je demande, je veux qu'on l'arrête avec moi ;
» Qu'un emprisonnement, jusqu'au bout de l'affaire,
» Au criminel des deux garantisse un salaire.
» C'est moi, moi, Comte Alceste, HOMME DE QUALITÉ (*),
» Qui, sans aller plus loin, réclame ce traité. »
A ces mots, soutenus de ce que le courage
Peut donner d'énergie ainsi que d'avantage,
Le Procureur affecte un scrupuleux soupçon ;
Robert épouvanté fait bien quelque façon,
Sous de vagues propos sa crainte se déguise :
Mais, infaillible effet d'une ferme franchise
Qui va droit au méchant, il succombe à cela :
On me rend le billet, & je l'ai : le voilà.

(Il donne sèchement le billet à Philinte.)

ELIANTE.

Cher Alceste ! ô vertu ! quel zèle magnanime !

ALCESTE.

Pour vous, toujours, Madame, égal à mon estime.
Et quand il éclatoit, même hors de ces lieux,
Votre douleur, sans cesse, étoit devant mes yeux.

L'AVOCAT, *à Alceste.*

Combien de vos succès mon cœur vous félicite !

ALCESTE, *à l'Avocat.*

Je le crois. Voulez-vous, Monsieur, que je m'acquitte

(*) On m'a reproché cette qualification HOMME DE QUALITÉ.
Ce reproche est bien naïf. Je tiens ce titre, mis tout au bout du caractère & des efforts d'Alceste, comme une des bonnes choses de la
piéce. C'est ainsi que la vertu tire parti des préjugés.

D'en avoir par vos foins obtenu le moyen ?

L'A V O C A T.

Monfieur....

A L C E S T E.

Soyons amis.

L'A V O C A T.

Ce fortuné lien....

A L C E S T E.

L'acceptez-vous ?

L'A V O C A T.

Monfieur, du plus vrai de mon ame.

A L C E S T E.

Eh! bien; libre aujourd'hui d'une pourfuite infâme,
Je retourne à ma terre, y voulez-vous venir?
C'eft-là que l'amitié faura vous retenir :
Vous me convenez fort, nous y vivrons enfemble.

L'A V O C A T.

C'eft un bonheur de plus, &....

A L C E S T E.

Tant mieux. Je reffemble
A quantité de gens, & j'ai de grands défauts,
Vous les tempérerez, & j'aurai moins de maux.

P H I L I N T E, *à Alcefte.*

Digne ami,....quoi!....

ALCESTE, *l'éloignant du geste, & avec un
mépris tempéré de dignité.*

    Monsieur ; de ce nom je suis digne ,
Je le crois. Mais qu'ici votre cœur se résigne,
Pour jamais, à ne plus appartenir au mien ,
Ni par aucun discours, ni par aucun lien.
Je vous déclare net, qu'à votre ame endurcie
Nul goût, nul sentiment & rien ne m'associe.
Je vous rejette au loin parmi ces êtres froids
Qui de ce beau nom d'homme ont perdu tous les droits ,
Morts, bien morts dès long-tems avant l'heure suprême,
Et dont on a pitié pour l'honneur de soi-même.

ELIANTE.

Cher Alceste , il craignoit qu'un imprudent secours...

ALCESTE.

Madame, avec regret, je lui tiens ce discours,
Mais nos nœuds précédens font ma louable excuse.
Quand j'abjure un ami, jamais je ne l'abuse.
Je le lui dis encor ; ce nœud m'étoit sacré :
Mais je le romps , dès-lors qu'il l'a deshonoré.
Trop de bonheur encor, Madame, est son partage ;
Vous êtes son épouse. Ah ! de cet avantage,
L'unique qui demeure à ses jours malheureux ,
Puisse-t-il profiter, pour le bien de vous deux !
Puisse la cruauté qu'il a pour ses semblables,
S'adoucir, chaque jour, par vos vertus aimables !
La vertu d'une épouse est l'empire charmant ,
Le plus doux, le dernier qui reste au sentiment.
Par ce vœu que je fais, lorsque je l'abandonne,
Il doit voir à quel prix ma tendresse pardonne.

Adieu ; je pars, Madame, après cet entretien :
Qu'il regrette mon cœur, & se souvienne bien
Que tous les sentimens, dont la noble alliance
Compose la vertu, *l'honneur, la bienfaisance,*
L'equité, la candeur, l'amour & l'amitié,
N'existèrent jamais dans un cœur sans PITIÉ.

(*Il sort avec l'Avocat.*)

SCENE IV.

ET DERNIERE.

ELIANTE, PHILINTE.

ELIANTE, *affectueusement, allant à Philinte*

O MON ami !

PHILINTE, *confondu.*

J'ai tort.

ELIANTE.

Ma tendresse demande
A vous dédommager d'une perte si grande.
Reposez-vous sur moi du soin de recouvrer
Un ami si parfait, que nous devons pleurer.

Fin du cinquième & dernier Acte.

E R R A T A.

P R É F A C E.

Page xj, ligne 9 ; *lefquels*, lifez *lequel*.

Page xiv, lig. 1, *indifcrets* ; lifez *indirects*.

Page xxix, lig. 1, *empoifonnée* ; lifez *empoifonné*.

C O M É D I E.

Page 36, ligne dernière, *non pas. C'eſt au métier ;* lifez, *non pas ; c'eſt au métier.*

Même page, ligne 23, *condamée* ; lifez *condamnée.*

Page 39, ligne 2, ſupprimez, Dubois, Alceste, Philinte.

Même page, ligne 3. Dubois *à part, mais haut à l'Avocat qui ſort* : lifez, Dubois, *ſeul.*

Même page, ligne 4, *il faut la lui porter ?* lifez, *il faut la lui porter.*

Même page, après ces mots : *Il faut la lui porter ;* lifez, SCÈNE VIII ; Dubois, Alceste, Philinte.

Page 44, ligne 6, *ſuppôts* ; lifez, *ſupports.*

Page 58, *encor* ; lifez, *encore.*

Page 63, ligne 4 ; DE, lifez, *de.*

Page 75, ligne 9 ; Philinte *déſeſpéré*, lifez Philinte *déſeſpéré, & s'abymant dans un fauteuil.*

Page 77, ligne 15 ; *& d'nn*, lifez *& d'un.*

Page 78, ligne 22, *déjà ! comment ! Encore ;* lifez, *déjà ? Comment, encore.*

Même page, ligne dernière, *falloit vous coucher*, lisez : *Il falloit vous coucher.*

Page 87, ligne 11, *de qui l'ame paisible* : lisez, *qui, d'une ame paisible.*

Page 91, avant dernière ligne ; *me*, lisez *me*.

Fin de l'Errata.

DÉTAILS HISTORIQUES

LE PHILINTE DE MOLIÈRE.

Sɪ l'on en croit les relations du tems, la représentation de cette pièce s'annonçait comme devant être très orageuse. La témérité de l'auteur qui avait osé intituler son ouvrage *Suite du Misantrope*, avait d'avance indisposé les esprits, et tout se préparait pour assurer au nom de Molière, que l'on supposait outragé, une vengeance éclatante. « Le parterre, dit un historien dramatique, ressemblait à une armée qui brûle d'en venir aux mains : le signal se donne, l'ennemi paraît; mais sa bonne contenance déconcerte les assaillans, qui, forcés bientôt de l'admirer eux-mêmes, couvrent des palmes du triomphe la victime qu'ils devaient immoler. »

Fabre d'Églantine semblait avoir prévu les périls auxquels l'audace de l'auteur exposait l'ouvrage. Il chercha à disposer l'esprit des auditeurs dans un prologue qu'il fit représenter avant la pièce; mais, nous faisons cette remarque pour la singularité du fait : empreint de tout l'orgueil d'un caractère incapable de se plier aux usages reçus, ce prologue dut paraître plus propre à augmenter l'irritation des esprits qu'à les calmer. Fabre ne se présenta point à ses juges en suppliant, il leur parla avec assurance; il ne craignit pas de prendre un ton qui, toléré à cette époque, ne le serait pas aujourd'hui.

10.

Voici quelques fragmens de ce prologue, qui n'a point été réimprimé depuis la première édition.

L'auteur, sous le nom de Damis, s'entretient avec Acaste, l'un de ses amis. Ce dernier lui apprend qu'il vient, à son insu, de livrer le *Philinte* au Théâtre-Français. Damis exprime ainsi ses inquiétudes sur le succès de son ouvrage :

A côté de Molière, enfin je me hasarde.
Il est de bons esprits dont je crains peu la voix :
Trente que je connais, et mille que je vois,
D'un zèle noble et pur s'enflammeront sans doute,
En me voyant tenter cette orageuse route.
« Faire parler Philinte, Alceste de nouveau!
« L'ouvrage est périlleux, mais le projet est beau,
« Diront-ils, et du moins nous pouvons en conclure
« Que l'ami de Molière aime encor la nature;
« Il a pu se méprendre et les mal imiter;
« C'est une moindre erreur que de s'en écarter.... »
. . . .
Mais que dira l'envie et tant de gens aigris
Par la seule raison qu'un autre ose entreprendre
Ce qu'ils ne peuvent pas, et n'auraient pu comprendre ?
« Venez-vous aux Français? dira le froid Arcas,
« Au doucereux *Philon* qu'il trouve sur ses pas.
« Auriez-vous deviné de suite au *Misantrope?*
« Est-il audacieux! j'ai fait son horoscope;
« Détestable. Peut-on concevoir, s'il vous plaît,
« Quelque chose à son titre? Oh! voici mon sifflet,
« J'espère dans une heure en régaler Philinte. »
. . . .
Me voilà donc chargé d'un crime irrémissible
Auprès de telles gens. Acaste, ils sont nombreux.
Mais voyez-vous encor cet essaim ténébreux
D'aveugles partisans, rangés sous leur bannière,
Qui pour mieux me haïr feignant d'aimer Molière,
Fanatiques menteurs de cet homme immortel,
M'immolent à leur haine au pied de son autel?

Après une longue dissertation critique sur le mauvais goût

du tems, l'auteur parle avec une apparente indifférence du
succès de sa pièce, et semble imposer au parterre la loi de
l'applaudir, comme étant une œuvre de liberté écrite sous l'inspiration de Rousseau.

> Mon succès? que me fait le gain de ce procès!
> Sans doute j'y prétends; mais si je le souhaite
> C'est en bon citoyen bien plutôt qu'en poète.
> J'ai trop d'austérité, dites-vous? hé morbleu!
> Prenez-vous mon Philinte après tout pour un jeu?
> Le théâtre n'est-il qu'un passe-tems frivole?
> Au jour de liberté qu'il devienne une école.
> Allez, qui voit le siècle et tout ce que j'ai vu,
> Dans le cœur du méchant quand on est descendu,
> Et qu'alors indigné, du bord de cet abîme,
> On est poussé de verve à démasquer le crime,
> A-t-on l'âme timide et le style mielleux?
> Déchirons, sans pitié, le voile frauduleux
> Dont l'égoïste adroit se pare et s'enveloppe;
> Sur la scène évoquons l'ombre du Misantrope;
> C'est à lui qu'il convient de parler de vertu.
> . . . .
> Quand la France renaît, repoussons l'imposture.
> Au reste, mon Philinte est peint d'après nature;
> Je l'ai vu. De la cour, il vint à la cité.
> Mais faut-il m'appuyer d'une autre autorité?
> C'est Jean-Jacques Rousseau. Si le méchant m'assiège,
> Qu'il sache que Rousseau lui-même me protège!
> Et certes ce n'est pas implorer aujourd'hui
> Une frêle assistance, un médiocre appui,
> Que d'être précédé de l'âme d'un grand homme,
> Digne de l'âge d'or et de l'antique Rome,
> Protecteur de l'enfance et de l'humanité,
> L'apôtre précurseur de notre liberté!

Ce prologue, écrit d'un style incorrect et dépourvu d'élé-
gance, ne paraissait pas de nature à disposer les esprits à l'in-
dulgence. Il fallait que la pièce se défendît elle-même, et c'est

ce qui arriva. Sans doute le succès ne fut pas exempt de contradiction : si l'on en croit le Journal de Paris [1], quelques sifflets troublèrent de tems en tems la représentation ; mais la chaleur des applaudissemens étouffa cette protestation peu soutenue et bientôt découragée. Le caractère d'Alceste, son opposition avec celui de Philinte, le contraste entre Rolet et l'honnête avocat, mais surtout la péripétie du troisième acte, réunirent tous les suffrages. Il est vrai que l'excessive bassesse du caractère de Philinte révolta plus d'une fois, et que les spectateurs furent d'abord plus frappés de sa laideur que de sa vérité. On trouva le style obscur, embarrassé ; le plan ne parut pas exempt d'invraisemblances, et l'exécution, de longueurs. En balançant enfin toutes les circonstances de la première représentation, il faut reconnaître que si le succès ne fut pas absolu, universel, il dépassa de beaucoup ce que l'on est convenu d'appeler *succès d'estime*.

Le jeu des acteurs contribua à la réussite de l'ouvrage. Molé, surtout, déploya dans le rôle d'Alceste un talent remarquable. Il rendit avec une verve extraordinaire la chaleur éloquente et la sauvage âpreté de ce rôle, qui augmenta sa réputation.

On a vu, dans les fragmens que nous avons extraits du prologue, que Fabre d'Églantine se proposa, dans le *Philinte*, d'appliquer une opinion de Rousseau. Dans un passage de la lettre à d'Alembert sur les spectacles, cet éloquent écrivain, discutant l'utilité morale et le but du *Misantrope*, avait accusé Molière, avec plus de finesse peut-être que de vérité, d'avoir sacrifié le caractère d'Alceste au besoin de faire rire le parterre ; et ensuite de n'avoir pas suffisamment développé le caractère

---

1. *Voyez* le numéro de ce journal, du 25 février 1790.

de Philinte. Offrons un extrait de ce passage de Rousseau qui appartient à l'histoire de la comédie de Fabre d'Églantine.

Après avoir reproché à Molière de s'être efforcé, dans son ouvrage, d'immoler la vertu au ridicule, en prêtant au Misanthrope des travers qui ternissent la pureté de son caractère, Rousseau trace le portrait de Philinte, tel qu'il l'a compris, et tel que, suivant lui, Molière aurait dû le peindre.

« Ce Philinte, dit-il, est le sage de la pièce, un de ces honnêtes gens du grand monde, dont les maximes ressemblent beaucoup à celles des fripons ; de ces gens si doux, si modérés, qui trouvent toujours que tout va bien, parce qu'ils ont intérêt que rien n'aille mieux ; qui sont toujours contens de tout le monde, parce qu'ils ne se soucient de personne ; qui, autour d'une bonne table, soutiennent qu'il n'est pas vrai que le peuple ait faim ; qui, le gousset bien garni, trouvent fort mauvais qu'on déclame en faveur des pauvres ; qui, de leur maison bien fermée, verraient voler, piller, égorger, massacrer tout le genre humain sans se plaindre, attendu que Dieu les a doués d'une douceur très méritoire à supporter les malheurs d'autrui. »

Oubliant peut-être le devoir du poète comique pour ne songer qu'à l'utilité philosophique de l'ouvrage, J. J. Rousseau aurait voulu qu'Alceste déployât une vertu sans mélange, et fût exempt d'imperfections qui nuisent à la bonté morale de son caractère. Après avoir ainsi transformé l'homme de société en un égoïste, et la vertu mêlée de ridicules, en une vertu parfaite, il s'empare de ces nouvelles données, et trace le plan d'un ouvrage tout différent de celui de Molière.

« Au risque de faire rire le lecteur à mes dépens, dit-il, j'ose accuser Molière d'avoir manqué de très grandes convenances, une très grande vérité, et peut-être de nouvelles beautés de situation ; c'était de faire un tel changement à son plan, que Philinte entrât comme acteur nécessaire dans le nœud de sa pièce, en sorte qu'on pût mettre les actions de Philinte et d'Alceste dans une apparente opposition avec leurs principes, et dans une conformité parfaite avec leurs caractères : je veux dire qu'il fallait que le Misantrope fût toujours furieux contre les vices publics, et toujours tranquille sur les méchancetés personnelles dont il était la victime. Au contraire, le philosophe Philinte devait voir tous les désordres de la société avec un flegme stoïque, et se mettre en fureur au moindre mal qui s'adressait directement à lui. En effet, j'observe que ces gens si paisibles sur les injustices publiques sont toujours ceux qui font le plus de bruit au moindre tort qu'on leur fait, et qu'ils ne gardent leur philosophie qu'aussi long-tems qu'ils n'en ont pas besoin pour eux-mêmes. Ils ressemblent à cet Irlandais qui ne voulait pas sortir de son lit, quoique le feu fût à la maison. La maison brûle, lui criait-on. Que m'importe? répondait-il, je ne suis que locataire. A la fin, le feu pénètre jusqu'à lui. Aussitôt il s'élance, il court, il crie, il s'agite, il commence à comprendre qu'il faut quelquefois prendre intérêt à la maison qu'on habite, quoiqu'elle ne nous appartienne pas.

« Il me semble qu'en traitant les caractères en question sur cette idée, chacun des deux eût été plus vrai, plus théâtral, et que celui d'Alceste eût fait incomparablement plus d'effet. Mais le parterre alors n'aurait pu rire qu'aux dépens de l'homme du monde, et l'intention de l'auteur était qu'on rît aux dépens du Misantrope. »

A la lecture de ce plan proposé par Rousseau, qui ne reconnaît que, se plaçant à un autre point de vue que Molière, il compose non la suite du *Misantrope*, mais une autre comédie, d'une combinaison toute nouvelle, qui n'a de commun avec le chef-d'œuvre de Molière que les noms des personnages? Fabre d'Églantine, adoptant les idées de Rousseau, obéissant scrupuleusement à toutes ses indications, a composé une pièce de théâtre plus voisine du drame que de la comédie, plus philosophique que le *Misantrope*, mais moins fidèle aux vrais principes de l'art; ouvrage très remarquable néanmoins, mais qu'on ne peut regarder comme une continuation ou comme une imitation du *Misantrope*. A part la ressemblance des noms, c'est un autre ouvrage.

Mais, en composant le *Philinte*, Fabre d'Églantine ne se proposa pas seulement de rendre hommage à une pensée de J. J. Rousseau; il voulut, comme nous l'avons dit dans la notice sur l'auteur, offrir la contre-partie de l'*Optimiste*, comédie de Collin d'Harleville, représentée en 1788. On a vu précédemment l'origine de la haine élevée entre Fabre et Collin; elle remontait à la représentation du *Présomptueux imaginaire*, et depuis cette époque, Fabre n'avait négligé aucune occasion de la manifester. Après le succès du *Philinte*, il fit paraître cet ouvrage précédé d'une préface dans laquelle il soumit à la discussion la plus passionnée, non seulement l'*Optimiste*, mais les intentions et le caractère de l'auteur. Nous voudrions pouvoir nous abstenir de parler de ce morceau, qui fait si peu d'honneur à Fabre d'Églantine; mais notre devoir d'historien nous impose l'obligation de rapporter les passages qui peuvent jeter quelque lumière sur le but primitif de la comédie du *Philinte*.

Après avoir offert une énumération circonstanciée des maux qui affligent la société, Fabre s'indigne de penser qu'un auteur comique ait pu prendre la plume pour établir comme une maxime inattaquable que *tout est bien*.

« Je l'avouerai, dit-il, jamais je n'ai pu, sans indignation, entendre l'*Optimiste* de M. Collin. Je n'ai point eu de repos que le théâtre n'ait été armé d'une morale spécialement contraire aux principes de cet ouvrage. C'est pour les rétorquer et en diminuer l'influence autant qu'il était en moi, que j'ai composé le *Philinte de Molière*, ou la *Suite du Misantrope*.

« Il ne s'agit point précisément ici de M. Collin : laissons l'art et l'artiste de côté; il s'agit du fond de son ouvrage et de sa doctrine détestable. Certes, il n'y a point à se vanter de son talent, quand il devient la dernière pierre jetée à l'humanité, quand il n'enfante que des sophismes destructeurs de la pitié, quand il fait une blessure mortelle à la patrie. Et tel est le venin répandu dans l'*Optimiste* de M. Collin. »

On sent tout ce que cette diatribe a d'injurieux et d'exagéré; elle n'est que le début d'une discussion longue et remplie de fiel, dans laquelle le caractère et les principes de Collin d'Harleville sont dénaturés de la manière la plus odieuse. Fabre termine par le paragraphe suivant :

« Avant d'attaquer directement cette comédie (l'*Optimiste*), j'ai composé le *Philinte de Molière* pour la combattre. J'ai conçu mon action de manière à détruire par autant de vérités chaque sophisme de M. Collin. C'est aux moralistes à juger si la victoire est de mon côté. La raison s'y trouve, j'en suis bien sûr. »

Nous bornons ici les extraits de cette préface. Ce que nous en avons rapporté est ce qu'on y trouve de plus modéré. Notre but n'a point été de réveiller des souvenirs pénibles, mais d'établir que le but primitif du *Philinte* fut de combattre l'*Optimiste*; et que, pour la première fois peut-être, d'une haine envenimée entre deux écrivains rivaux, il est sorti un bel ouvrage.

A la première représentation du *Philinte*, comme nous l'avons dit, le rôle d'*Alceste* fut rempli par le célèbre Molé, qui a toujours depuis continué d'y mettre la dignité la plus noble et la chaleur la plus pathétique : le rôle de *Philinte* fut joué par Naudet; celui de l'*Avocat*, par Vanhove; et celui de *Dubois*, par Dugazon.

L. THIESSÉ.

EXAMEN

DU PHILINTE DE MOLIÈRE.

SENTIMENT DE LA HARPE.

Le drame de Fabre d'Églantine est sérieux et moral; il
n'est pas bien intitulé, car son Philinte n'est nullement
celui de Molière; c'est un franc égoïste dans toute la
force du terme; et c'est un des mérites de l'auteur
d'être le premier qui ait bien conçu ce caractère, qui
a été manqué plus d'une fois. Il n'en a pas fait un fripon
qui vole dans la poche; mais il a très bien peint l'homme
exclusivement occupé de lui-même, et constamment
fermé à tout sentiment de bienveillance pour autrui.
Les deux idées mères de son ouvrage sont également
heureuses. L'idée morale consiste à faire punir l'égoïsme
par lui-même, ce qui tend à l'instruction. L'idée dramatique, qui tend à l'effet du théâtre, et qui fait le
fond de la pièce, c'est d'avoir représenté l'égoïste, re-
fusant obstinément le crédit qu'il a auprès du ministère, pour empêcher qu'un innocent ne soit accablé et
ruiné par un abus qu'on a fait de sa signature, et il
se trouve à la fin que cet homme est l'égoïste lui-même
qui ne savait pas dans quel danger il était. Tous les
moyens de l'action sont disposés dans la plus exacte
vraisemblance, et le moment où le mystère se découvre

et où la doctrine perverse de l'égoïste retombe sur lui, est d'un effet théâtral, quoique l'auteur n'en ait pas tiré tout le parti possible. Le caractère d'Alceste, toujours prêt à faire du bien aux hommes, même à ses risques et périls, tout en disant du mal de la nature humaine, forme un très beau contraste avec le caractère de Philinte. C'est le Misantrope vu dans son beau côté. Molière avait très bien peint ce qu'il a d'outré, et par conséquent de nuisible à lui-même et aux autres ; c'était une très bonne leçon donnée à la vertu ; ici l'on a fait voir tout ce qu'il y avait de respectable quand les circonstances le mettaient en action. Il y a un rôle de procureur, ou de fripon (cela est synonyme), qui est aussi très bien fait et d'une touche comique. L'auteur a donné à ce personnage le nom de Rolet, que les *Satires* de Boileau ont rendu célèbre. Le style est inégal, incorrect, et quelquefois de mauvais goût ; mais il a de la vivacité, de la force, de la chaleur ; et l'âme de l'auteur anime ce qu'il écrit. Il aurait pu donner à son ouvrage plus d'intrigue, en varier davantage le ton qui est trop continuellement sérieux ; en cherchant plus de moyens d'action il aurait évité des longueurs. Mais il faut convenir aussi que cet art de répandre la gaîté comique sur un fond d'idées morales, est prodigieusement difficile, et n'a guère été connu parfaitement que de l'auteur du *Misantrope*. Si M. d'Églantine peut se défier de sa facilité, et travailler davantage ses productions, je crois qu'on peut espérer beaucoup de lui [1].

Le *Philinte de Molière* est sans comparaison le meil-

1. *Correspondance littéraire*, tome VI, page 24, lettre 289°.

leur ou plutôt le seul estimable ouvrage que Fabre
ait laissé, non pas à ceux qui lisent, mais du moins à
ceux qui vont au spectacle. Il est vrai que le titre de
la pièce est d'abord une fausseté et une ineptie : c'est
calomnier très ridiculement Molière, que de faire du
complaisant Philinte, qu'il a fort à propos opposé au
misantrope Alceste, un homme dénué de toute morale et de toute humanité, en un mot, un parfait égoïste,
ce qu'est véritablement le Philinte de Fabre. Molière
opposait un excès à un excès, celui de la douceur à celui de la sévérité ; mais il en savait trop pour mettre en
regard, et sur la même ligne, les vices du cœur et les
travers de l'esprit. Quand le règne des bienséances
sera rétabli, l'on effacera cette insulte publique à la
mémoire de Molière, et la pièce sera intitulée ce qu'elle
est : *Philinte*, ou l'*Égoïste*. Cette étrange méprise ferait
présumer que Fabre lui-même n'avait pas bien compris ce qu'il faisait. Envenimé de haine, comme tous
les esprits de la même trempe, contre tout ce qui s'ap-
pelait homme du monde, contre tout ce qui avait dans
la société un rang qu'il n'avait pas et ne devait pas avoir,
il eût bien voulu faire croire que toute la société était
en effet composée de méchans et de fripons ; et cette
espèce de haine (on a dû le voir assez dans les évènemens de nos jours), était bassement envieuse et pas
plus morale que politique. Mais enfin il eut le mérite de
tracer un caractère très prononcé et trop commun dans
la corruption philosophique de notre siècle, l'égoïsme de
principe et de calcul, sujet essayé deux fois en peu d'années et sans succès, et que lui seul a su traiter. Il n'est
pas moins vrai qu'il a manqué ce qu'il y avait à la fois

et de plus moral et de plus comique dans le sujet;
mais c'est ce que Fabre était bien loin d'apercevoir.
Si le Philinte de Molière n'est qu'un peu trop homme du
monde, celui de Fabre est décidément philosophe,
j'entends de ceux dont l'auteur de la comédie a dit fort
spirituellement:

Pour moi, je les soupçonne

D'aimer le genre humain, mais pour n'aimer personne.

Combien leur jargon à la fois emphatique et doucereux, leur hypocrisie de phrase, leur ton rogue et
mielleux, selon le besoin et l'occasion, auraient pu répandre de teintes légères et badines sur le Philinte
égoïste, si l'auteur avait eu assez de sens pour saisir ces
nuances, et assez de talent pour en égayer son tableau!
Il eût évité un des défauts les plus marqués de son
ouvrage, et qui en affaiblit le plus l'effet dans la nou-
veauté et aux reprises, le sérieux trop fréquent, qui
fait que son *Philinte* tient plus souvent du genre
mixte, qu'on appelle drame, que de la comédie proprement dite. On peut se souvenir qu'il fut plus estimé que
suivi, et je crois en avoir assigné ici une des causes prin-
cipales; les connaisseurs lui savent gré de cette idée
vraiment heureuse et dramatique, d'avoir fait trouver
à l'égoïste sa punition dans son égoïsme même, et fait
retomber sur lui les conséquences de ses détestables
principes. Mais, en général, on aurait voulu que la
pièce fût plus gaie et plus amusante, et l'on n'avait pas
tort: toute comédie doit l'être. On rit peu à celle-là, et
combien l'on rit encore au *Misantrope,* quoiqu'on y
désirât, ce me semble, un peu plus d'action et d'intrigue!
Ce n'est pas, assurément, que je sois capable d'établir

aucune ombre de parallèle entre deux productions qui
sont à une si prodigieuse distance l'une de l'autre : si j'ai
nommé le *Misantrope* c'est la faute de Fabre qui, par
son titre même, rappelle malheureusement cet inimi-
table chef-d'œuvre, dont lui seul pouvait ne pas redou-
ter le souvenir et la concurrence, tant son amour-propre
était fou. Aussi l'ai-je entendu se vanter tout haut de ne
consulter personne; il regardait les avis comme des pièges,
et les critiques comme des injures. Il avait pourtant de
l'esprit naturel, et même son talent ne pouvait être guère
autre chose; car on peut conclure de ses écrits qu'il
manquait d'étude et d'éducation ; l'ignorance de la langue y est portée à un excès qu'on ne retrouverait dans
aucun écrivain connu depuis cent cinquante ans que
la langue est fixée ; il faut, pour s'en faire une idée, se
faire l'effort de le lire de suite ; et comme les fautes de
grammaire sont susceptibles de démonstration pour
tout homme un peu instruit, une preuve qu'il ne l'était
pas, c'est qu'il affecta de ne rien comprendre aux reproches qu'on lui fit sur sa diction , lorsqu'il eut paru
mériter, par son *Philinte*, qu'on l'avertît de ses fautes.
On ne voit pas non plus qu'il ait mis depuis le moindre
soin à corriger son style ; et, s'il l'avait pu, il est vraisemblable que l'amour-propre même l'eût intéressé à
rendre au moins supportable à la lecture ce que les
bons juges avaient trouvé digne d'estime au théâtre,
au lieu qu'il ne lui restera dans la postérité que le plan
bien conçu d'un drame illisible [1].

---

1. Le lecteur aura remarqué la différence sensible qui existe entre ce second jugement de La Harpe, que nous avons extrait du *Cours de littérature*,
et le premier, que nous avons emprunté à la *Correspondance littéraire*.

SENTIMENT DE CHÉNIER.

Si l'on en croit J.-J. Rousseau, dans sa lettre sur les spectacles, le Philinte du *Misantrope* n'est pas seulement un homme poli, c'est un égoïste. Il n'est pas sûr que cette remarque ait beaucoup de justesse; et Molière, en traçant le caractère d'un personnage, ne donnait point d'énigme à deviner. Mais, tel est l'ascendant des écrivains supérieurs! quelques mots hasardés par l'auteur d'*Emile*, ont fait concevoir une belle comédie. La Harpe trouve un excès de vanité dans l'idée même de la pièce; La Harpe aurait dû mieux s'y connaître, et le reproche est injuste. L'auteur ne fait pas un nouveau *Misantrope*, comme d'autres ont fait un nouveau *Tartufe;* il se donne pour imitateur; il adopte les principaux personnages de Molière; il se met à sa suite, et non pas en concurrence avec lui. Comment La Harpe ne l'a-t-il pas senti? pourquoi veut-il affaiblir les éloges qu'il est forcé de donner à la comédie du *Philinte?* On devine aisément ses motifs. Elle avait deux grand torts à ses yeux : c'était l'ouvrage d'un de ses contemporains, et cet ouvrage avait réussi. Le style en est plein de défauts, sans doute; quelquefois énergique, il est plus souvent dur, incorrect et bizarre. Mais, si la pièce était bien écrite, après les chefs-d'œuvre de Molière, toujours

---

L'un traite, avec une faveur prononcée, un ouvrage que l'autre traite sans aucun ménagement. Cette contradiction peint la diversité des époques. L'auteur de la *Correspondance* était encore philosophe, celui du *Cours de littérature* était devenu dévot. Au reste, notre but, en rapportant ces deux morceaux, a été d'opposer le critique à lui-même, et de montrer qu'il faut souvent se tenir en garde contre ses décisions.

seul sur le trône où l'a placé son génie, quelle haute
comédie serait comparable au *Philinte?* Depuis cent
années, la scène comique offre-t-elle un rôle aussi
brillant, aussi noble, aussi bien soutenu que le personnage d'Alceste? N'est-ce pas une situation fortement
conçue, que celle de Philinte puni de son égoïsme par
la fraude même qu'il tolérait si paisiblement, quand il
n'y voyait que le mal d'autrui? La plénitude et la simplicité de la fable annoncent-elles un esprit vulgaire? Le
même genre de mérite brille encore, mais d'un moindre
éclat, dans les autres productions de Fabre d'Églantine.

SENTIMENT DE GEOFFROY.

Le *Philinte de Molière!* ce titre est un mensonge, et
même une calomnie. Le Philinte de cette pièce n'est
point celui de Molière: c'est le Philinte de J.-J. Rousseau; Fabre en convient lui-même dans son prologue;
et il est bien étrange qu'après avoir déclaré formellement que c'est au philosophe genevois qu'il doit sa
comédie, il entreprenne de diffamer Molière en voulant se l'associer. Fabre, du moins pour les idées, est
fait pour s'allier avec Rousseau; mais il n'a rien de
commun avec Molière. Le Philinte présenté dans le
Misantrope comme un honnête homme, sage et modéré, n'a pas un seul trait de ressemblance avec le fripon peint par le Genevois dans sa lettre sur les spectacles, et mis sur la scène par son disciple Fabre. On
sera peut-être surpris que Rousseau, qui avait pris
pour devise: *la vérité ou la mort*, ait falsifié un personnage de Molière au point de faire d'un homme pru-

dent et raisonnable, un monstre d'inhumanité; mais il faut toujours se rappeler que le citoyen de Genève jouait dans la société le rôle de frondeur et de misantrope, et qu'une partie de son éloquence était dans l'amertume de sa bile.

Cette comédie de *Philinte*, regardée comme le chef-d'œuvre de Fabre d'Églantine, fut représentée avant la révolution[1]; elle était trop favorable à l'esprit de vertige qui régnait alors, pour ne pas être bien accueillie; mais elle est si triste et si lugubre, si hérissée de capucinades démagogiques, qu'elle n'obtint qu'un succès d'estime. Les spectateurs n'étaient pas encore assez patriótes pour s'ennuyer en l'honneur des nouveaux systèmes. Le *Philinte* fut beaucoup loué et fort peu suivi; aujourd'hui, on le loue peu, et on le suit encore moins. Il y a une belle scène, une belle situation; on remarque plusieurs traits d'égoïsme bien saisis dans le caractère de Philinte; mais le tout n'est qu'une ébauche informe, un canevas pour des sermons. L'auteur oppose à son égoïste un redresseur banal de torts et griefs; un Don Quichotte de vertu et d'humanité; un Alceste qui ne ressemble pas plus à celui de Molière, que le Philinte de Rousseau ne ressemble au Philinte du *Misantrope*.

SENTIMENT DE M. FIÉVÉE.

Tous les amis des lettres et de la vérité se sont élevés contre le titre de cette pièce. En effet, il est impossible de n'être pas scandalisé de la prétention de Fabre

---

1. Ce fait est inexact. Le *Philinte* fut représenté le 22 février 1790, à une époque où la révolution avait parcouru une partie de son cours.

d'Églantine, qui, voulant approfondir un caractère tracé
par Molière, l'a complètement dénaturé....... Au reste,
laissons le titre, et jugeons l'ouvrage comme pièce de
caractère, car c'est véritablement l'égoïste que l'auteur
a mis en scène.

La grande difficulté d'exposer un sujet, d'annoncer
des caractères, n'existe point dans cet ouvrage : aussitôt
que les personnages sont nommés, ils se trouvent connus ; c'est un grand avantage. En effet, l'auteur aurait
été bien embarrassé d'expliquer pourquoi deux hommes
aussi opposés d'esprit et de principes, deux hommes tels
qu'Alceste et Philinte, s'embrassent en se voyant, et se
traitent comme les meilleurs amis. Malgré tout son génie, Molière ne serait jamais parvenu à donner la raison
du rapprochement de ces deux contrastes ; ce qui est
concluant pour prouver qu'il avait fait de Philinte un
homme fort indulgent, mais vertueux, digne enfin
d'être distingué par le sévère Alceste. Ainsi, la première
observation qui se présente dans l'analyse de cette comédie, c'est qu'elle n'a pas d'exposition, et que si l'auteur
avait été forcé d'en faire une, il lui aurait peut-être été
impossible de traiter son sujet. Cet aveu fait, il ne reste
plus qu'à louer la conception de cette pièce, conception
simple, forte, et vraiment admirable, puisque, sans
amour, sans intrigue, sans épisode, le caractère de
l'égoïste est déployé de la manière la plus heureuse.
Tout roule sur un billet, d'une valeur considérable,
surpris à un homme négligent, et qui peut être totale-
ment ruiné, si on ne parvient à intimider un fripon.
La chaleur que met Alceste dans cette affaire, qui ne
le regarde pas, mais qui doit intéresser tout honnête

homme, fournit à Philinte l'occasion de débiter les maximes par lesquelles les âmes dégradées se plaisent à justifier leur indifférence sur les maux qui accablent la société. Ces êtres froids ne manquent jamais de raisonnemens pour approuver le désordre qui ne les atteint pas. Ont-ils personnellement à se plaindre? les sacrifices qu'ils exigeaient des autres retombent-ils sur eux? ce sont des cris, des emportemens, un désespoir aussi lâche qu'insensé; ils accusent l'univers entier; ils voudraient que tout ce qui les entoure ne fût occupé que de leur douleur. Tel est, en effet, Philinte lorsqu'il apprend que sa signature lui a été surprise pour une somme de deux cent mille écus; il se trouve sans courage contre l'adversité, et plus disposé à traiter avec un fripon qu'à tout risquer pour le poursuivre : ce caractère est traité avec beaucoup d'art. La conduite d'Alceste, qui s'oublie toujours pour faire triompher la justice, excite l'admiration, parce qu'il agit beaucoup plus qu'il ne déclame. A la vérité, ce n'est point là le caractère du misantrope, autre espèce d'égoïste, se contentant de tout blâmer, et plus porté à se concentrer en lui-même, qu'à s'immoler au bonheur de ses semblables; mais enfin, c'est le beau idéal de la probité active, et, dès l'instant qu'on admet qu'il puisse être lié avec un homme tel que Philinte, on s'intéresse à toutes ses démarches, on partage ses espérances, et l'on applaudit à son héroïsme. Le plan de l'auteur était de développer, l'un par l'autre, deux caractères entièrement opposés; il ne s'est jamais écarté de son but; et cette unité d'intention et de moyens est digne des plus grands éloges.

Il est malheureux que Fabre d'Églantine ait oublié
que la morale ne suffit pas au théâtre; son sujet lui
offrait des ressources comiques qu'il a trop négligées;
aussi sa pièce est-elle froide, et trop souvent les détails
sont dépourvus d'intérêt. Toutes les fois qu'Alceste
quitte le théâtre, l'action languit; Philinte, abandonné
à lui-même ou entouré de personnages subalternes,
inspire une sorte de mépris qui fatigue l'âme des spectateurs. Ce sentiment est désagréable : ce n'est pas sans
de profondes réflexions que les maîtres de la scène se
sont bornés à présenter les vices sous leur côté ridicule;
toute représentation de la vie humaine qui ne fait pas
rire s'éloigne du véritable but de la comédie, et peut-
être serait-il facile de prouver qu'on manque à la première règle de la morale, en offrant aux hommes ras-
semblés pour leurs plaisirs, une satire trop amère des
vices naturels à l'humanité. Mais l'auteur sentait intérieurement son impuissance....... Dans les pièces nombreuses qu'il a faites, il serait peut-être impossible de
trouver ce qu'on appelle un vers de comédie.... Aucune
n'est plus mal, et plus constamment mal écrite, que
celle que nous examinons; outre le vice de construc-
tion de la plupart des phrases, l'auteur ne parvient jamais à rendre toute sa pensée; il semble même ignorer
la valeur des expressions. Aussi prend-il à la fois le même
mot dans un sens naturel et dans un sens métapho-
rique, ce qui est le moyen le plus infaillible pour écrire
mal et raisonner faux. Au reste, le succès de cette comédie ne prouve rien contre le goût du public. La conception première est si belle qu'elle méritait d'être ap-
plaudie; mais tous les critiques ont condamné le style,

et les amis mêmes de l'auteur n'ont pas appelé de ce jugement.

Les contradictions singulières qui existent entre les jugemens des divers critiques sur le *Philinte de Molière*, n'étonneront que ceux qui n'ont point connu l'influence de l'esprit de parti sur les opinions littéraires. C'est dans la vie politique de Fabre, dans ses actes, dans les maximes de conduite qu'il s'était tracées qu'il faut aller chercher l'explication du peu d'accord qui règne entre ses juges. La plupart ont cédé à la haine, au ressentiment, à l'esprit de vengeance. Chénier lui seul a su rendre au poète une justice exempte de préjugés. Pour nous, qui écrivons à une époque déja éloignée de ces tems orageux, étrangers aux tristes passions qui ont divisé nos pères, il nous est facile de séparer l'homme de son ouvrage, et de nous maintenir dans les limites d'une impartialité désintéressée. Essayons d'offrir sur le *Philinte* un jugement qui aura du moins le mérite d'être exempt à la fois de haine et de faveur.

Une lecture attentive des passages de Rousseau que nous avons rapportés dans les détails historiques, et la simple inspection de la comédie du *Philinte de Molière*, suffisent pour convaincre que cette pièce, si on en excepte la ressemblance des noms, n'a que très peu de rapports avec celle de Molière, et que, pour trancher le mot, c'est un autre ouvrage. L'Alceste de Fabre n'est point l'Alceste de Molière, et le Philinte moderne n'a de commun avec l'ancien que le nom ; l'action des deux comédies est entièrement différente, et le but des deux poètes n'a rien de semblable. Molière a voulu montrer que la vertu, quand elle se met en désaccord avec les habitudes, les mœurs et les usages de la société, s'expose au ridicule. Il a voulu prouver que cette vertu doit être sociable, humaine, et qu'elle ne gagne rien à se revêtir de rudesse, d'humeur, de *sauvagerie*. Fabre, au contraire, a cherché à démasquer cet égoïsme qui, renfermé en lui-même, sacrifierait le monde entier à la plus frivole de ses jouissances, qui érige l'insensibilité en système, et s'est fait de la dureté de cœur, non seulement une habitude, mais une sorte de philosophie aride et désolante. Dans Molière, Alceste occupe le premier plan, et dans Fabre il cède cette place à Philinte.

Ce déplacement de personnages, et cette altération des caractères primitifs d'Alceste et de Philinte, donnent lieu à une autre observation qui est tout à l'avantage de Molière. Ce grand écrivain connaissait trop bien les règles de l'art, pour présenter des personnages d'une vertu entièrement parfaite; il savait que la bonté poétique d'un caractère résulte du mélange habile des qualités et des défauts; il savait que ce mélange plaît surtout, parce qu'il est dans la nature et dans la vérité générale, tandis que la perfection n'existe nulle part, ou n'est qu'une exception. Ainsi Molière a donné à son Misantrope, une vertu âpre et sauvage, mêlée de brusqueries et d'emportemens, travers qui dérivent de la nature même de cette vertu. Son Philinte est également un mélange de bon et de mauvais, sans que ni l'un ni l'autre emporte la balance. Grâce à cet art qui est celui des maîtres, Molière a évité d'un côté l'admiration qui est un sentiment froid et nullement comique, et de l'autre l'odieux, dont l'impression, quand elle n'est pas tempérée par un comique soutenu, comme on le voit dans *Tartufe*, ne cause que la fatigue et le dégoût.

Cet art secret du poète dramatique, et que l'on n'acquiert que par une étude approfondie du cœur humain et des impressions de la scène, était moins connu de Fabre. S'écartant de son admirable modèle, il donne à Alceste une vertu sans faiblesse, une abnégation sans bornes, enfin il le doue d'une perfection idéale. Son Alceste est un de ces hommes admirables qu'on ne voit que dans les romans, trop beau pour être vrai, trop grand pour être naturel. Quant à Philinte, le dépouillant de toute espèce de bonnes qualités, ou, ce qui à la scène produit souvent le même effet, de tout vernis agréable et comique, il en fait un vil et froid scélérat qui, égoïste par système, révolte au lieu d'attacher. Opposant ainsi par un art qui manque trop de délicatesse, deux caractères si différens, il fonde sa pièce sur un contraste tranchant, qui n'a point d'exemples assez fréquens dans la société pour paraître naturel et vraisemblable. Molière, dans le *Misantrope*, a peint des plus vives couleurs la société, ses perfidies habituelles et convenues, mais couvertes du vernis de la politesse; au milieu de cette atmosphère d'officieuses trahisons et d'hypocrisies tolérées, il a jeté un homme loyal et franc, mais qui a tous les défauts de ses qualités et même les faiblesses des passions; de cette combinaison, qui n'offense en rien la vérité, il a fait jaillir une foule de traits piquans, de réflexions ingénieuses, de contrastes attachans; enfin, il a composé un grand tableau qui, en représentant avec fidélité l'époque où vivait le poète,

convient à tous les tems, parce qu'on y voit l'homme
tel que la nature l'a fait, avec toutes ses vertus et toutes
ses imperfections.

Sans peindre la société, les mœurs, les travers, Fabre
a mis en scène des vices et des vertus peu susceptibles
de comique, et dont l'opposition est plus propre à exciter
l'intérêt que le rire. Il a plutôt fait un drame qu'une
comédie; car, remarquez cette différence capitale qui
existe entre le *Philinte* et le *Misantrope*. Le plus grand
mérite de cette dernière pièce est dans le dialogue,
dans l'esprit des détails, dans le style, enfin dans l'exécution; tandis que celui du *Philinte* consiste dans la
contexture de la fable, dans la disposition de l'intrigue
et dans la combinaison des situations.

C'est là en effet que se trouve l'explication du succès
soutenu et de la juste réputation du *Philinte*. Sans intrigue amoureuse, sans épisode, avec la seule opposition des caractères d'Alceste, de Philinte, d'un avocat
et d'un procureur, Fabre d'Églantine a construit le
périlleux édifice d'une pièce en cinq actes. Tout s'y
enchaîne; les évènemens se déduisent naturellement,
et la péripétie du troisième acte, l'une des plus belles
qui soient au théâtre, s'effectue sans invraisemblance
et même sans effort. On peut regarder les trois premiers actes comme un modèle d'entente de la scène et
de combinaison dramatique. Nous avons dit autre part
que les deux derniers ne répondaient point aux trois
autres. En effet, la catastrophe du troisième acte appe-
lait un dénouement rapide, et ce dénouement traîne
pendant deux longs actes. Une seconde action commence avec l'arrestation d'Alceste, Philinte puni re-

commence une série de perfidies qui manquent ensuite de punition, et la pièce se termine sans intérêt et sans comique. Ce défaut que nous avons attribué à la trop grande simplicité du sujet, trouve une nouvelle application dans une réflexion de M. Fiévée.

Ce spirituel critique observe qu'en intitulant sa pièce *Suite du Misantrope,* et en faisant agir des personnages déja connus, Fabre s'est trouvé dispensé de faire une exposition, et M. Fiévée regarde cette situation que l'auteur s'était choisie comme très avantageuse, d'autant plus, ajoute-t-il, que cette *exposition était impossible.* En reconnaissant la vérité du fait principal, savoir que Fabre a été dispensé d'exposer au moins une partie de son sujet, nous l'envisageons sous un aspect tout différent. Loin de croire que Fabre y ait trouvé quelque avantage, nous croyons qu'il a été pour sa pièce un grave inconvénient; dans un sujet si simple, sans intrigue amoureuse et sans action épisodique, l'auteur n'avait pas trop de toutes les ressources que présente la contexture d'un drame. N'ayant à faire qu'une moitié d'exposition, le monument qu'il a construit s'est trouvé sans portique; et, dès les premières scènes, il lui a fallu commencer à serrer le nœud de sa pièce. Qu'en est-il résulté? que l'action, trop tôt commencée, est arrivée trop tôt au but, que la péripétie, qui aurait dû précéder immédiatement le dénouement, s'est exécutée au troisième acte, et que l'auteur, très embarrassé pour remplir deux actes après la scène capitale, n'a point trouvé d'autre moyen que de commencer une seconde pièce, dont les incidens refroidissent le spectateur. Si, au contraire, il eût eu, comme dans toutes les comédies, une exposition complète à faire, son premier acte eût été rempli par les détails indispensables à l'intelligence de l'action, et celle-ci ne commençant qu'au milieu du second, la péripétie eût rempli le quatrième, et le cinquième eût été consacré au dénouement. L'auteur aurait évité des longueurs fatigantes, une évidente duplicité d'action, et un affaiblissement d'intérêt qui est le principal défaut de la pièce.

Quant à l'impossibilité prétendue de faire cette exposition, nous pensons qu'il n'est pas sans témérité d'assigner ainsi des bornes au génie du poète. A qui persuadera-t-on que Fabre d'Eglantine, qui, dans le cours de son ouvrage, a eu des difficultés bien plus importantes à vaincre, et qui en a si heureusement triomphé, n'eût pu faire une exposition? Comment Fabre eût-il expliqué, dit M. Fiévée, pourquoi deux hommes aussi opposés d'esprit et de principes s'embrassent en se voyant, et se traitent comme les meilleurs amis? Sans doute cette explication eût exigé quelque habileté, mais elle ne présentait pas des obstacles insurmontables. Qui ne sait que dans le monde, souvent des liens de famille, des relations d'intérêt, des habitudes sociales, quelquefois un concours singulier de circonstances, que dirons-nous! le hasard même rapprochent des caractères aussi peu compatibles que ceux d'Alceste et de Philinte? Ne limitons point la puissance du poète, et ne pensons pas surtout que l'auteur du *Philinte* fût incapable de faire une exposition.

En signalant la différence qui existe entre le Philinte et l'Alceste de Molière et les mêmes personnages représentés par Fabre, nous avons exposé le caractère de ces derniers. La comédie de d'Églantine offre deux autres caractères placés sur le second plan, mais dessinés avec une habileté remarquable, c'est celui de l'honnête avocat et du procureur Rolet. L'opposition de ces deux personnages est extrêmement habile. L'avocat Phénix était alors nouveau au théâtre, et il n'a point été effacé depuis par celui de M. Roger. Le procureur Rolet, personnage moins nouveau, est du moins dessiné avec autant de verve que de vérité : lui seul répand quelque gaîté sur une pièce à laquelle on reproche un sérieux trop soutenu.

Le caractère d'Éliante n'est que de peu d'effet, et cela devait être. Quel rôle pouvait jouer une femme douce et faible, dans les graves questions qui partagent Alceste et Philinte? Ce dernier lui reproche dans la première scène un prétendu penchant à la domination; rien dans la suite ne justifie cette imputation, ou plutôt tout prouve qu'au lieu de conduire son mari, Éliante, tout en le condamnant, suit fidèlement toutes ses volontés. A part cette contradiction peu importante, le personnage d'Éliante est ce qu'il doit être, et se recommande par la grâce et la convenance.

Nous ne dirons rien du valet Dubois, rôle en général peu satisfaisant, et dont le plus grand mérite est d'être court.

C'est une vérité mille fois répétée et devenue triviale que le style de Fabre est plein de défauts, et nous n'insisterons pas sur cette partie du *Philinte*, si souvent appréciée par les critiques. La Harpe, l'un des premiers, a dit avec plus d'humeur encore que de justice, que le *Philinte* n'est que le plan bien conçu d'un drame illisible. Quels que soient les vices du style de cet ouvrage, il n'est pas entièrement dépourvu de beaux vers, et si M. Fiévée, renchérissant sur La Harpe, a dit que dans les pièces nombreuses de Fabre d'Églantine, il serait presque impossible de trouver un vers de comédie, la raison du lecteur a vengé l'auteur du *Philinte* d'une injustice sans importance.

Terminons cet examen en disant que le *Philinte*, pièce inspirée plutôt par Rousseau que par Molière, ouvrage plus philosophique que comique, et qui ressemble plus au drame qu'à la comédie, atteste une grande force de conception, une connaissance peu commune de la scène, enfin une observation profonde, et mérite d'être placée parmi les productions dramatiques les plus remarquables qui aient paru depuis Molière, quoiqu'elle soit bien loin de cet auteur immortel dont personne n'a encore approché.

L. THIESSÉ.